국어 교과서 작품 읽기

중2 수필·비문학

국어 교과서 작품 읽기: 중2 수필·비문학

초판 1쇄 발행 • 2010년 4월 30일
개정판 1쇄 발행 • 2013년 11월 15일
개정2판 1쇄 발행 • 2018년 12월 10일
최신 개정판 1쇄 발행 • 2025년 11월 7일
최신 개정판 2쇄 발행 • 2025년 11월 14일

엮은이 • 조인혜 주예지
펴낸이 • 염종선
책임편집 • 정편집실 안신희
조판 • 박지현
펴낸곳 • (주)창비
등록 • 1986년 8월 5일 제85호
주소 • 10881 경기도 파주시 회동길 184
전화 • 031-955-3333
팩스 • 영업 031-955-3399 편집 031-955-3400
홈페이지 • www.changbi.com
전자우편 • ya@changbi.com

ISBN 978-89-364-3164-8 44810
ISBN 978-89-364-3161-7 (전3권)

* 책값은 뒤표지에 표시되어 있습니다.

국어 교과서 작품 읽기

중2 수필·비문학

조인혜 · 주예지 엮음

창비

'국어 교과서 작품 읽기'
최신 개정판을 펴내며

국어는 왜 어려울까요? 우리말과 글을 이미 능숙하게 쓰고 있는데도 국어 과목이 너무 어렵다며 푸념을 늘어놓는 청소년들을 종종 만납니다. 국어를 배우는 시간을 자신과 세상을 이해하고 성장하는 과정으로 생각해 보면 어떨까요? 국어는 읽고 쓰는 기능뿐 아니라 우리말과 글의 아름다움을 느끼고 가치를 내면화하면서 세상과 소통하는 법을 배우는 과목입니다. 다양한 삶의 모습이 담긴 문학 작품은 인간과 세계를 깊게 이해하는 통로가 되어 주지요. 작품 속 이야기를 거쳐 다시 우리가 발 딛고 있는 현실로 돌아와 앞으로 어떤 삶을 살아갈지 고민하게 된다면, 그것이 바로 성장의 과정이라 할 수 있습니다.

2025년 중학교 1학년부터 적용된 '2022 개정 교육과정'은 미래 변화에 대응하는 역량을 강조합니다. 디지털 사회로의 전환, 기후 환경의 변화, 출생 인구의 감소 등 우리는 이미 전과 다른 세상을 살고 있습니다. 이런 변화에 발맞추어 새로운 국어 교육과정에서는 디지털·미디어 역량을 기르기 위한 '매체' 영역이 추가되었습니다. 디지털 기기를 활용하는 것에서 그치지 않고,

매체 자료를 비판적으로 이해하고 자신의 생각을 창의적으로 표현하는 것을 목표로 합니다. 이처럼 미래를 잘 맞이하려면 단순히 새로운 기술을 습득하는 것을 넘어, 변화된 환경 속에서 자신의 삶을 주도적으로 살아갈 수 있어야 합니다. 이를 위해서는 나를 둘러싸고 있는 세상을 읽어 낼 수 있는 힘을 갖추어야 하지요. 문해력을 기르는 이유도 단순히 성적을 몇 점 올리기 위해서가 아니라 삶을 가꾸기 위해서입니다.

'국어 교과서 작품 읽기' 최신 개정판에서는 새로 바뀐 중학교 2학년 국어 교과서 10종에 실린 문학 작품을 시, 소설, 수필·비문학 갈래별로 가려 모았습니다. 학교에서 배우는 교과서에 실린 작품뿐만 아니라 함께 보면 좋을 작품을 엄선하고, 작품을 깊이 있게 이해하도록 돕는 다양한 활동을 구성했으며, 시험을 대비하고 실전 감각을 기를 수 있는 예상 문제를 포함했습니다. 낯선 교복과 새로운 터전에 적응을 마친 중학교 2학년은 몸과 마음이 부쩍 자라는 시기입니다. 자유학기제 이후 학업에 대한 부담이 커지고 진학과 진로에 대한 현실적인 고민도 싹트기 시작하지요. 그 과정에서 막연한 불안감과 초조함을 감추기 위해 마음의 벽을 쌓아 올리기도 합니다. 어느새 높아진 벽 앞에 혼자 남지 않도록, 시선을 들어 세상과 소통하며 자신의 생각을 정리해 나갈 수 있는 수록작을 꼽고 도움 글을 실었습니다. 다양한 삶의 모습이 담긴 작품을 통해 위로와 격려를 받기도 하고, 글쓴이의 생각에 공감하거나 반박하는 연습을 하며,

스스로 생각하는 힘을 기를 수 있을 것입니다.

우리는 세상과 직접 부딪히고 필요한 정보와 지식을 얻으며 살아가는 동시에 글을 통해 경험해 보지 못한 세상을 엿보며 성장합니다. 글 속에 담긴 세상을 간접적으로 체험하며 세상을 더 넓게 바라보는 눈과 깊이 있게 이해하는 마음을 갖게 되지요. 『국어 교과서 작품 읽기: 중2 수필·비문학』은 글을 통해 세상을 체험하고 생각하는 힘을 길러 주는 다채로운 작품을 뽑아 재구성하여 4부로 나누었습니다. 일상에서 얻은 글쓴이의 감동과 깨달음이 담긴 글도 있고, 정보를 전달하며 설명하는 글과 독자를 설득하는 주장이 담긴 글도 있습니다. 자신을 알아 가는 것부터 시작해서 세상을 만나고 소통하며 더불어 살아가는 단계까지 나아갈 수 있도록 구성하였습니다.

1부 '나를 만나는 시간'에서는 글쓴이가 일상에서 겪은 체험을 통해 얻은 생각과 느낌을 담은 글을 실었고, 2부 '소통으로 성장하는 우리'에서는 효과적으로 소통하며 세상과 만날 수 있는 글을 엮었습니다. 디지털 시대의 다양한 매체를 통한 소통도 알아볼 수 있습니다. 3부 '세상을 바꾸는 움직임'에서는 다양성, 인권, 자연, 환경 등 다양한 분야에서 세상을 긍정적으로 바꾸기 위해 실천하는 노력을 만날 수 있습니다. 4부 '궁금해! 우리가 사는 세계'에서는 호기심을 불러일으키는 세상의 다양한 이야기를 모았습니다.

글에 담긴 세상은 글쓴이의 눈을 통해 바라본 것입니다. 작품을 읽다 보면 글쓴이의 체험에서 나의 일상이 떠오를 때도 있고, 글에 담긴 세상과 내 주변의 현실이 겹쳐 보일 때도 있고, 글쓴이가 놓친 세상의 일면을 발견하는 때도 있을 거예요. 그 순간을 놓치지 말고 각 부마다 제시된 활동을 차근차근 따라가 보세요. 글에서 느낄 수 있는 재미와 감동과 더불어 새로운 정보와 지식을 발견하는 기쁨과 뿌듯함을 느껴 보길 바랍니다. 그 속에서 나의 눈으로 바라보는 세상은 여러분에게 익숙하면서도 낯선 새로움과 즐거움을 줄 것입니다.

2025년 11월

조인혜 주예지

차례

2부 소통으로 성장하는 우리

3부 세상을 바꾸는 움직임

4부 궁금해! 우리가 사는 세계

일러두기

1. '2022 개정 교육과정'에 따른 중학교 검정 교과서 10종 『국어』 2-1, 2-2에 수록된 수필과 비문학 산문 중에서 25편, 교과서 밖에서 4편을 가려 뽑아 수록하였습니다.
2. 교과서에 수록된 글을 원본으로 삼았고, 일부는 단행본에 실린 글을 원본으로 삼았습니다.
3. 한자는 모두 한글로 바꾸고 꼭 필요한 경우에만 괄호 안에 넣었습니다.
4. 본문 아래쪽에 낱말 풀이를 달았습니다.
5. 활동 예시 답안은 창비 홈페이지(www.changbi.com)의 '도서 > 자료실 > 어린이 청소년 자료실'에 있습니다.

1부

나를 만나는 시간

여는 글

1부에 담은 글에서는 글쓴이의 일상적인 경험을 통해 얻은 생각이나 느낌이 진솔하게 전해집니다. 글쓴이의 경험은 독자인 우리의 삶의 경험과 크게 다르지 않지요. 때로는 그들의 경험에서, 그들의 깨달음과 감정에서 우리 삶의 어떤 한 순간을 떠올리게 되기도 합니다. 글쓴이의 실제 경험에서 오는 진정성과 현실성은 여러분에게 더 큰 공감을 불러일으키기도 하고, 삶을 성찰하게 만들기도 하지요.

자녀에게 더 좋은 삶의 지혜를 전해 주고자 하는 아버지의 마음이 담긴 편지와 자신의 잘못을 기꺼이 인정하는 아버지의 태도가 담긴 수필은 여러분에게 어떤 울림을 전하게 될까요. 나의 과거와 환경이 부끄럽게 느껴지거나, 스스로가 너무나 부족하고 작게 느껴질 때, 이 글들은 나 자신을 너그럽게 바라볼 수 있게 해 줍니다. 세상이 각박하다고 해도, 내 마음에 마르지 않는 우물이 존재한다는 믿음이 메마른 삶에 촉촉하고 시원한 한 바가지의 물을 내어 주듯이, 1부의 글들이 여러분의 마음 우물의 마중물이 되어 주길 바랍니다. 때로는 나를 성찰하고, 때로는 위로하며 진정한 나를 잃지 않고 살아갈 수 있게 도와주는 힘을 얻을 수 있을 거예요.

아버지의 편지*

정약용

중요한 내용은 기록해 두거라

연아, 유아야.

너희도 잘 지내고 있겠지?

독서할 때는 어떻게 해야 하느냐? 한번 죽 읽고 버려 둔다면 나중에 다시 필요한 내용을 찾을 때 곤란하지 않겠느냐? 그러니 모름지기 책을 읽을 때는 중요한 내용이 있거든 가려 뽑아서 따로 정리해 두는 습관을 길러야 할 것이다. 이것을 '초서(抄書)'라고 하는 것이다.

허나 책에서 나한테 필요한 내용을 뽑아내는 일이 처음부터 쉬운 일은 아닐 것이다. 먼저 마음속에 무엇이 중요하고 무엇이 필요한 내용인지를 판단할 수 있는 일정한 기준이 있어야 하지 않겠느냐? 곧 먼저 나의 학문에 뚜렷한 주관*이 있어

* 이 글은 전라남도 강진에서 유배 생활을 하던 정약용이 아들 학연, 학유에게 보낸 두 통의 편지로 이루어진 것이다.
* **주관** 자기만의 견해나 관점.

야 하는 것이란다. 그래야 마음속의 기준에 따라 책에서 얻을 것과 버릴 것을 판단하는 데 곤란을 겪지 않게 되는 것이란다. 이러한 학문의 중요한 방법에 대해서는 앞서 누누이 말하였는데, 너희가 필시 잊어먹는 게로구나.

책 한 권을 얻었다면 내 학문에 보탬이 되는 것만을 뽑아서 모아 둘 것이며, 그렇지 않은 것은 하나같이 눈에 두지 말아야 한단다. 이렇게만 한다면 백 권의 책도 열흘간의 공부에 지나지 않을 뿐이다.

너희는 이 아버지의 말을 새겨듣거라.

— 1802년 2월 17일에 두 아들에게 부친 편지 중에서

독서할 때는 뜻을 분명히 파악해야 한단다

유아는 보거라.

네가 열 살 전에는 몸이 약해서 병치레를 많이 했었는데, 근간에 듣자니 힘줄과 뼈마디가 튼튼하고 굳세졌다지. 더구나 마음의 힘이 생겨서 거친 밥도 잘 먹고 괴로움도 참을 줄 안다고 하더구나.

이 아버지에게는 무엇보다도 반가운 일이다.

남자가 책을 읽고 스스로의 행실을 닦으며 집안을 돌보고 일을 하는 모든 행동거지에 있어서 마음의 힘이 아니면 아무것도 할 수 없는 것이란다.

마음의 힘은 사람을 부지런하고 민첩하게 하고, 지혜롭게

하며, 어떤 일이든 이루게 하는 것이니, 진실로 마음을 굳건하게 먹고 한결같이 곧게 앞을 향해 나아간다면 큰 산이라도 옮길 수 있지 않겠느냐?

또 책을 읽을 때는 어떻게 해야 하겠느냐?

책을 읽되, 그냥 눈으로 읽기만 하는 것은 하루에 책 천 권, 글 백 편을 읽을지라도 오히려 읽지 않은 것과 마찬가지일 게다.

책을 읽을 때는 항상 한 글자라도 그 올바른 뜻을 분명하게 알지 못하는 곳이 있거든 두루 찾아보고 깊이 연구해서 그 근본 뜻을 알아냄으로써, 마침내 그 글의 전체 의미를 환하게 알 수 있어야 하는 것이다.

매일 이러한 자세로 힘쓴다면 한 종류의 책을 읽을 때 아울러서 수백 종의 책을 두루 찾아서 참고하게 될 것이요, 따라서 그 책에서 말하고자 하는 뜻을 분명하게 꿰뚫어 알 수 있을 것이다.

너는 책을 읽을 때마다 이 점을 알아야 할 것이다.

— 둘째 아들 학유에게 부친 편지 중에서

정약용 1762~1836

조선 후기의 실학자. 호는 다산(茶山). 조선 순조 때 천주교 박해 사건에 연루되어 40세부터 18년간 전라도 강진에서 유배 생활을 하였다. 지은 책으로 『목민심서』『경세유표』『흠흠신서』 등이 있다.

마음 우물

유병록

고향에는 100세를 얼마 남기지 않은 할머니와 칠순 가까운 부모님이 살고 있다. 세 분이 살고 있는 집은 1982년에 내가 태어난 집이다. 세 분은 근처에서 살다가 댐* 건설로 인해서 이사를 한 뒤로 40년 가까이 지금의 집에서 살고 있다.

마당을 둘러싸고 집이 한 채, 소를 키우는 외양간, 그리고 농기구를 보관하고 곡식을 넣어 두는 창고 하나가 ㄷ자 모양을 이루고 있다. 집 뒤쪽으로는 텃밭이 있는데 그 사이에 뒤란이 있다. 그곳에는 장독대와 수돗가가 있다. 그리고 어머니가 한때는 애써서 가꾸었던 좁다란 화단도 있다.

지난 40년 동안 흙 마당에는 시멘트가 깔리고, 슬레이트 지붕은 철제 지붕으로 바뀌고, 불을 때던 아궁이 대신 입식 부엌이 만들어지고, 구들장* 대신 보일러가 놓이고, 마루는 거실로

* **댐** 강이나 바닷물의 흐름을 막아 두기 위해 쌓아 놓은 둑.
* **구들장** 방바닥을 만드는 얇고 넓은 돌.

바뀌었다. 하지만 집의 대들보부터 외벽은 그대로 두었기 때문에 겉으로는 크게 달라진 것이 없어 보인다.

눈에 띄게 달라진 게 있다면, 뒤란에 있던 우물이 사라졌다는 것이다. 내가 어린 시절에는 두레박으로 우물에서 물을 길어 올렸다. 주황색 고무로 된 두레박을 우물 속으로 내려서 이리저리 흔든 다음 줄을 끌어당기면 찰랑거리는 물이 두레박 가득 담겨 우물 밖으로 나왔다. 수도가 있었지만, 두레박으로 물을 길어 올려서 허드렛물은 물론이고 먹는 물로도 썼다.

어린 시절에 어째서 우물은 아무리 물을 퍼내도 마르지 않는지 궁금했다. 자꾸 어디선가 물이 흘러온다면 왜 우물 밖으로 흘러넘치지 않는지 궁금했다. 우물 속을 가만히 들여다본 적도 있다. 참 신기했다. 우물은 가뭄이 들었을 때 수위가 낮아진 적은 있지만 한 번도 그 바닥을 내보이지 않았다. 늘 두레박을 내리면 언제든 물을 한가득 채워서 올려 주었다.

우물은 이제 없다. 우물이 있던 자리는 시멘트가 깔린 수돗가로 바뀌었다. 수도가 잘 연결된 덕분이고, 두레박으로 물을 길어 올리는 것이 더 이상 효율적이지 않은 일이 되어 버린 때문이고, 안타깝게도 지하수가 오염되었기 때문이기도 하다.

이제는 없는 그 어린 시절의 우물이 가끔 떠오른다. 마음이 평화로운 때보다는 어지러울 때가 많다. 내 마음속에 필요한 무엇을 찾을 때 우물을 떠올린다. 누군가를 용서해야 하는데 용서하고 싶은 마음이 전혀 생겨나지 않을 때, 누군가를 이해해야 하는데 도저히 마음을 먹지 못할 때, 인내심을 발휘해야 하는데 도무지 참을 수 없을 때, 나는 기억 속에만 존재하는 고향 집 뒤란의 우물을 떠올린다.

우물 속에는 언제나 물이 가득했다. 팔에 힘을 주고 줄을 당기면 물이 담긴 두레박을 건네주었다. 아무리 부지런히 퍼낸다고 해도 사람의 힘으로는 우물의 물을 바닥낼 수 없다. 우물의 기억을 떠올리며 내 마음속에도 마르지 않는 우물이 있다고 생각한다. 그 우물에 내 갈증을 해소해 줄 시원한 마음이 가득하다고 생각한다. 팔에 힘을 주고 줄을 끌어당기면 시원한 마음을 길어 올릴 수 있다고 믿는다.

다른 사람에게 서운한 마음이 생길 때도 마찬가지이다. 저 사람은 왜 이해심이 없을까, 왜 인내심이 부족할까, 왜 배려심이 없을까, 하고 화가 날 때도 역시 우물을 떠올린다. 저 사람의 마음속에도 깊은 우물이 없을 리가 만무하다고 생각한다. 다만 그 우물의 물을 길어 올리지 못할 뿐이라고 생각하면 서운한 마음이 조금은 누그러진다. 언젠가 자기 마음속에 두레박을 내려서 시원한 마음을 길어 올리리라는 기대가 생기는 덕분이다.

자신에게 또는 다른 사람에게 어떤 마음이 부족하다고 느껴질 때가 있다. 모두의 마음속에 깊은 우물이 있다고, 지금은 아직 두레박을 그 우물로 드리우지 않았지만 언젠가는 시원한 마음을 길어 올릴 수 있다고 믿으면 조금은 도움이 된다.

유병록

시인. 시집 『목숨이 두근거릴 때마다』 『아무 다짐도 하지 않기로 해요』, 산문집 『안간힘』 『그립소』 등이 있다.

아무도 특별하지 않습니다

박진영 · 안윤지

목표 설정, 일단 여기까지

우리가 자신의 목표를 설정할 때 흔히 하는 실수 중 하나는 현실적인 목표가 아닌 원대한* 목표를 세우려는 것입니다. 근육이 거의 없는 사람이 일주일 만에 '근육맨'이 되겠다고 한다거나, 작년에는 단 한 권의 책도 읽지 않던 사람이 올해는 100권의 책을 읽겠다고 하는 식이지요.

물론, 이루기 어려운 목표를 설정했더라도 노력하여 원하는 바를 달성한다면 참으로 좋은 일입니다. 하지만 대개는 너무 높은 목표를 세우면 시작도 하기 전에 좌절하기 마련입니다. 좌절하는 경험이 쌓이다 보면 자신이 문제를 해결할 수 있다고 믿는 '자기 효능감*'이 낮아지고, 결국 자신에 관한 부정적 감정만 남습니다. 즉, '지나치게 높은 목표 설정 → 좌절 → 재

* 원대하다 계획이나 희망 따위의 장래성과 규모가 크다.
* 효능감 특정한 상황에서 적절한 행동을 함으로써 문제를 해결할 수 있다고 믿는 신념 또는 기대감.

미, 동기 상실 → 자기 효능감, 자신감 하락 → 열등감, 죄책감, 무력감 형성'이 꼬리를 물고 나타나게 됩니다.

이번에도 목표 달성에 실패했다고 말하며 좌절하는 사람, 자신이 세운 목표는 어차피 작심삼일*로 끝날 것이라며 부정적으로 생각하는 사람은 사실 목표 설정부터 문제였을 가능성이 큽니다.

우리는 '목표'라고 하면 어마어마한 것이어야 한다는 강박관념*에 사로잡힌 듯합니다. 하지만 목표란 지나치게 높은 능력을 요구하며 좌절을 느끼게 만드는 존재가 아니라, 어디까지나 자신을 위한 것입니다. 목표한 바를 이루고자 노력하는 것은 다른 누구도 아닌 바로 '나'이고, 건강이든 공부든 그 목표를 달성함으로써 궁극적으로 얻고자 하는 것은 '나'의 행복이니까요.

따라서 목표를 설정할 때는 거창한* 것을 내세우려 하기보다 자신이 잘 지내는 데 필요한 것이 무엇일지부터 생각해야 합니다. 그리고 이러한 목표를 달성하는 과정에서 좌절보다 행복을 느낄 수 있을지도 판단해야 합니다. 이렇게 목표를 설정하면, 그 목표를 달성하는 데에도 도움이 될 것입니다. 자신을 위한 목표이므로 그것을 이루고자 더 노력할 것이기 때문

* 작심삼일 단단히 먹은 마음이 사흘을 가지 못한다는 뜻으로, 결심이 굳지 못함을 이르는 말.
* 강박 관념 마음속에서 떨쳐 버리려 해도 떠나지 아니하는 억눌린 생각.
* 거창하다 일의 규모나 형태가 매우 크고 넓다.

입니다.

달성하고 싶은 목표가 있다면 자신을 생각합시다. 그리고 내가 할 수 있는 방식, 나를 위한 방식으로 목표를 세워 봅시다.

열등감에 빠진 나, 그럴 수도 있지

그동안 자신에게 맞지 않는 목표 때문에 열등감과 같은 부정적 감정에 빠져 있었다면 이를 어떻게 극복할 수 있을까요? 첫 번째로, 불필요한 실패를 줄이고 성취 경험을 쌓는 것이 필요합니다. 앞서 이야기한 것처럼 자신이 할 수 있을 만한 목표나 자신을 위한 목표를 세우고, 이를 달성하면 성취 경험을 쌓을 수 있습니다. 이미 세운 목표가 있다면 이를 조정하는 것도 좋습니다. 예를 들어 올해 소설책 100권 읽기를 목표로 세웠지만 그것을 달성하기 어렵다면 한 달에 1~2권 읽기 정도로 목표를 수정하는 것입니다. 만약 이번 달에 시간이 부족하여 소설책 읽기가 어렵다면 분량이 더 적은 만화책이나 잡지를 읽어도 괜찮습니다.

커다란 목표가 아니어도 됩니다. 작은 목표라도 성취하는 경험을 해 보는 그 자체가 훨씬 더 중요하지요. 이러한 경험이 쌓이면 '나는 목표한 바를 해내었고, 나는 이것을 할 수 있는 능력이 있다.'라는 자신감을 얻어 열등감에서 벗어날 수 있습니다.

다음으로, 목표를 달성하지 못했을 때 자신의 잘못이나 부족함을 과대 해석하거나 심하게 자책하는* 행동을 하지 않아야 합니다. 물론, 자신을 돌아보고 반성하면서 목표 달성 실패의 원인을 생각해 보는 것은 필요합니다. 그리고 이러한 과정은 자신의 잘못된 부분을 바로잡는 데 도움이 됩니다. 하지만 '또 망쳤어. 나는 너무 게을러. 내가 그렇지 뭐. 난 어차피 안 될 거야.'라고 생각하며 작은 실패 하나에 자신의 노력을 전부 쓸데없는 것이라는 식으로 과하게 해석하고 비난하는 것이 문제입니다. 자신의 실패 상황을 아예 외면할 수 있기 때문입니다. 소설책 100권 읽기에 실패하더라도 단 한 권이라도 읽었다면 단 한 권도 읽지 않은 것보다 나을 텐데 아예 책 읽기를 중단하거나, 5킬로그램이 아니라 0.5킬로그램밖에 줄지 않았다고 체중 감량을 아예 포기하는 것이 바로 그러한 예입니다.

이처럼 목표 달성을 실패했다고 과대하게 해석하고 지나치게 자책하면 자신이 하기로 마음먹었던 일을 오히려 적극적으

* **자책하다** 자신의 결함이나 잘못에 대해 스스로 깊이 뉘우치고 자신의 잘못을 꾸짖거나 나무라다.

로 회피하게* 만들 수 있습니다. 그리고 마음속 열등감은 해소되지 않은 채 그대로 남아 자신을 괴롭힙니다.

마지막으로, 자기 자비의 태도가 필요합니다. 자기 자비란 자신에게 너그러워지는 것을 말합니다. 이때 자신을 향한 너그러움은 자신의 부족함이나 잘못까지 끌어안고 무조건 좋게 생각하라는 것이 아닙니다. 자신이 완벽하지 않은 존재라는 사실을 있는 그대로 받아들이는 것, 그래서 때로는 목표 설정이나 달성에 실패할 수 있다는 사실을 인정하는 것, 다른 사람은 다 실패해도 자신은 절대 실패하면 안 된다는 생각을 버리는 것을 말합니다. 목표를 향해 나아가다 실패를 경험하는 자신을 있는 그대로 받아들이고 '괜찮아. 그럴 수도 있지.'라며 따뜻하게 응원해 주는 것이 자기 자비의 핵심입니다.

미국에는 1월에 하루, 새로 세운 목표를 잊고 자신을 너그럽게 봐주는 날이 있습니다. 이른바 '새해 목표 내팽개치는 날'이라고 하는데, 이날 하루는 다이어트를 멈추고 햄버거를 진탕 먹는다거나 하는 식입니다. 이렇게 지칠 때쯤 하루 정도 자신을 돌보는 시간을 갖는 것도 좋습니다.

우리는 가족이나 친구 등 자신이 사랑하는 사람이 목표 때문에 열등감에 빠져 살기를 원하지 않을 것입니다. 목표 설정

* **회피하다** 어떤 일이나 상황에 대하여 직접 하거나 부딪치기를 꺼리고 피하다. 책임을 지지 않으려고 꾀를 부리다.

이 잘못되었든 이를 달성하는 데 실패했든 부정적 감정을 추스르고* 다시 힘을 내어 살아가기를 바라지요. 스스로 성취 경험을 쌓고자 노력하고 자신을 향한 비난보다 응원을 바라는 것은 이와 같은 맥락입니다. 자신에게 너그러워지기를 두려워하지 마세요.

* **추스르다** 일이나 생각 따위를 수습하여 처리하다.

박진영

심리학 칼럼니스트. 미국 듀크대학 사회심리학 박사 과정. 지은 책으로 『내 마음 다치지 않게, 친구 마음 상하지 않게』 『나는 나를 지킵니다』 『나는 나를 돌봅니다』 『나, 지금 이대로 괜찮은 사람』 『열등감을 묻는 십대에게』(공저) 등이 있다.

안윤지

연세대학교 심리학과 대학원에서 청소년 상담을 공부하고 있다. 지은 책으로 『열등감을 묻는 십대에게』(공저), 번역서 『소녀들을 위한 내 마음 안내서』가 있다.

아름다운 흉터

이청준

나의 두 손등과 손가락들에는 세 종류의 흉터가 선명하게 남아 있다.

초등학교 1학년 때 첫 소풍을 가기 전날 오후 마음이 들뜨다 못해 토방* 아래에 엎드려 있는 누렁이 놈의 목을 졸라 대다 졸지에 숨이 막힌 녀석이 내 왼손을 덥석 물어뜯어 생긴 세 개의 개 이빨 자국 세트가 하나. 역시 초등학교 5학년 때쯤 남의 산으로 나무를 하러 갔다가 조급한 도둑 톱질 끝에 내 쪽으로 쓰러져 오는 나무둥치를 피하려다 마른 가지 끝에 손등을 찍혀 생긴 기다란 상처 자국이 그 둘, 고등학교엘 다닐 때까지 방학이 되면 고향 집으로 내려가 논밭걷이*와 푸나무*를 하러 다니며 낫질을 실수할 때마다 왼손 검지와 장지 손가락 겉쪽에 하나씩 더해진 낫 상처 자국이 나중엔 이리저리 이어지고

* 토방 방에 들어가는 문 앞에다 약간 높고 편평하게 다져 놓은 흙바닥.
* 논밭걷이 논과 밭에 심었던 곡식이나 야채 따위를 거두어들이는 일.
* 푸나무 풀과 나무를 아울러 이르는 말.

뒤얽히며 풀려 흐트러진 실타래의 형국을 이루고 있는 것이 그 세 번째 흉터의 꼴이다.

그런데 나는 시골에서 광주로 중학교 진학을 나오면서부터 한동안 그 흉터들이 큰 부끄러움 거리가 되고 있었다. 도회지 아이들의 희고 깨끗하고 부드러운 손에 비해 일로 거칠어지고 흉터까지 낭자한* 그 남루하고* 못생긴 내 손 꼴새*라니.

그러나 그 후 세월이 흘러 직장 일을 다니는 청년기가 되었을 때 그 흉터들과 볼품없는 손꼴이 거꾸로 아름답고 떳떳한 사랑과 은근한 자랑거리로 변해 갔다.

"아무개 씨도 무척 어려운 시절을 힘차게 살아 냈구먼. 나는 그 흉터들이 어떻게 생긴 것인 줄을 알지."

직장의 한 나이 든 선배님이 어떤 자리에서 낸 손등의 흉터를 보고 그의 소중스러운 마음속 비밀을 건네주듯 자신의 손을 내게 가만히 내밀어 보였을 때, 그리고 그 손등에 나보다도 더 많은 상처 자국들이 수놓여 있는 것을 보았을 때부터였다.

그렇다. 그 흉터와, 흉터 많은 손꼴은 내 어려웠던 어린 시절의 모습이요, 그것을 힘들게 참고 이겨 낸 떳떳하고 자랑스러운 내 삶의 한 기록일 수 있었다. 그 나이 든 선배님의 경우처럼, 우리 누구나가 눈에 보이게든 안 보이게든 삶의 쓰라린 상

* **낭자하다** 여기저기 흩어져 어지럽다.
* **남루하다** 낡고 해져서 허름하고 너절하다.
* **꼴새** 꼬락서니의 방언. 사람의 모습이나 행색을 속되게 이르는 말.

처들을 겪어 가며 그 흉터를 지니고 살아가게 마련이요, 어떤 뜻에선 그 상처의 흔적이야말로 우리 삶의 매우 단단한 마디요, 숨은 값이라 할 수도 있을 것이기 때문이다.

그렇다면 그것은 오직 나만의 자랑이나 내세움 거리로 삼을 수는 없으리라. 그것은 오히려 우리 누구나가 자신의 삶을 늘 겸손하게 되돌아보고, 참삶의 뜻과 값이 무엇인가를 새롭게 비춰 보는 거울로 삼음이 더 뜻있는 일일 것이다.

이런 생각 속에서도 때로 아쉽게 여겨지는 일은, 요즘 사람들 가운데엔 작은 상처나 흉터 하나 지니지 않으려 함은 물론, 남의 아픈 상처 또한 거기 숨은 뜻이나 값을 한 대목도 읽어 주지 못하는 이들이 흔해 빠진 현상이다.

아무쪼록 자기 흉터엔 겸손한 긍지를, 남의 흉터엔 위로와 경의를, 그리고 흉터 많은 우리 삶엔 사랑의 찬가를 함께할 수 있기를!

이청준 1939~2008

소설가. 장편소설 『당신들의 천국』 『낮은 데로 임하소서』 『축제』, 소설집 『별을 보여 드립니다』 『소문의 벽』 『서편제』, 수필집 『작가의 작은 손』 『사라진 밀실을 찾아서』 등이 있다.

미안합니다

장영희

서양 사람들에 비해 우리나라 사람들에게 단연코 인색한 말이 있다면 아마도 '고맙다'는 말과 '미안하다'는 말일 것이다. 아주 작고 사소한 일에도 걸핏하면 'Thank you', 'Sorry'를 되뇌는 외국인들에 비해 우리는 여간해서는 이런 말을 잘 하지 않는 듯하다.

오랜 유학 생활 덕분에 나는 그나마 '고맙다'는 말은 꽤 자주 하는 편이다. 조교나 학생들이 심부름을 해 주거나 시중을 들어 주면 곧잘 '고마워'라는 말을 하곤 한다.

그러나 이에 비해 '미안해'라는 말은 여간 어렵지 않다. 분명히 내게 잘못이 있다는 사실을 알고 있으면서도, '미안해'라는 말을 하려면 목소리가 기어들거나 가능하면 슬쩍 얼버무려 버린다. 마음속으로 미안한 감정을 느끼지 않아서가 결코 아니다. 너무나 미안하다고 생각할 때도 그렇다.

게다가 가끔씩은 그런 말을 할 기회를 놓치고 후회하는 적도 있다. 때문에 오해를 불러일으키기도 하고, 오해는 아니더라도 다른 이들에게 거만하게 보이거나 못된 사람으로 비치기도 한다.

그러나 문제는 이런 나의 성격적 결함을 머릿속으로는 다 알고 있으면서도 막상 '미안해'라는 말을 해야 하는 상황이 생기면 어쨌거나 그 말이 목에 딱 걸려 안 나온다는 것이다.

그래서 내 나름대로 이 심각한 문제에 대해 심사숙고해* 보기까지 한다. 왜 '미안해요'라는 짧은 말 한마디가 그토록 어려운 것인가?

그것은 나의 삶의 방식과 연결된 것인지도 모른다. 아무도 내게 가르쳐 주지 않았지만, 어렸을 때부터 본능적으로 체득한* 내 삶의 법칙은 슬프게도 '삶은 투쟁이고, 투쟁은 이겨야 한다.'는 것이다. 그래서 승부 근성이 투철한 내게 '미안해'라는 말은 결국 내가 졌다는 뜻이고, 패배를 인정하고 싶지 않은 나의 경쟁 심리가 그 말을 거부하는 것인지도 모른다.

혹은 자존심 탓일 수도 있다. '미안하다'고 말한다는 것은 나의 결함과 실수를 인정한다는 것인데, 그것이 나의 자존심을 건드린다. 아니, 좀 더 마음속 깊이 파고 들어가 보면 그것은 아마도 내가 어쩌면 잘못 살고 있는지도 모른다는 두려움 때문인지도 모른다. 왜 애당초 남에게 사과할 일을 했으며, 그

* **심사숙고하다** 깊이 잘 생각하다.
* **체득하다** 몸소 체험하여 알다. 자기 것으로 삼아 가지다.

것도 미리 예견 못 했다는 것은 지독한 오판*이기 때문이다.

그것도 아니면, 내가 남보다 못났다는 데 대한 열등의식이거나 자격지심*일 수도 있다. 만일 내가 스스로에 대해 자신감이 있다면, 내가 잘못했고, 그 사실에 대해 미안하게 생각한다는 것을 인정하는 것이 무어 그리 어렵겠는가.

지난주, 19세기 미국 소설 강의 시간에, 나는 한 학생에게 『주홍 글씨(*The Scarlet Letter*)』*의 첫 장면을 읽도록 시켰다. "김영수, 23페이지 첫째 단락을 읽어 보세요." 그러나 아무 반응이 없었다. 그래서 다시 되풀이했다. "23페이지 첫째 문단 말이야." 또다시 한동안 침묵이 흘렀다. 그러더니 갑자기 영수가 아닌 서훈이가 책을 읽기 시작하는 것이었다.

처음에는 단지 의아해했지만 가만히 생각하니 은근히 부아가 치밀었다. 학기 시작하고 두어 달이 지났으니 모든 학생들의 이름을 기억하고 있고, 학생들 또한 내가 자기들의 이름을 기억한다는 사실을 알고 있었다.

그런데 어떻게 내가 호명한 영수가 아닌 서훈이가 책을 읽을 수 있단 말인가? 그것은 나에 대한 반항이거나 한 걸음 더 나아가 모욕이라는 생각까지 들었다. 나는 화를 눌러 참고 책

* **오판** 잘못 보거나 잘못 판단함.
* **자격지심** 자기가 한 일에 대하여 스스로 미흡하게 여기는 마음
* **『주홍 글씨』** 미국의 작가 너새니얼 호손(Nathaniel Hawthorne, 1804~1864)이 지은 소설.

을 다 읽을 때까지 기다렸다. 그리고 냉담하게 말했다.

"지금 책 읽은 학생이 김영수예요?"

나는 정색을 하고 선생으로서의 위엄과 자존심을 건드린 두 사람을 노려보았다.

"자기 이름들도 몰라요? 결석한 친구 대신 대리 대답하는 학생들이 있다더니 그렇게 하는 것이 아예 버릇이 돼서 이젠 친구 이름을 자기 이름인 줄로 착각할 정도인가?"

나는 야유까지 했다.

반 전체가 쥐 죽은 듯 고요했다. 영수와 서훈은 고개를 떨구고 있었다. 시간을 더 이상 허비할 수 없어서 강의를 계속했지만, 수업이 끝나고도 기분이 썩 좋지 않았다.

그리고 오후에 퇴근 준비를 하고 있는데, 학생 하나가 찾아와 진상*을 알려 주었다. 김영수는 아주 심각한 말더듬이 증세를 갖고 있고, 그 증세는 사람들 앞에서 말하거나 읽거나 하는 스트레스 상황에서는 더욱 악화된다는 것이었다. 그러니 아까 갑자기 말문이 막혀 책을 읽을 수도, 그렇다고 말을 더듬어서 못 읽겠다고 설명할 수도 없는 처지였을 것이고, 그 사정을 잘 아는 서훈이가 당황하는 친구를 도와주려고 대신 읽었다는 것이다.

이야기를 듣고 나서, 나는 정말이지 쥐구멍에라도 숨고 싶

* **진상** 일이나 사물의 거짓 없는 모습이나 내용.

은 심정이었다. 어렸을 때 나도 한때 말더듬이 비슷한 증세가 있었기 때문에 영수가 느꼈을 충격과 고뇌, 그리고 수업 시간 이후의 기분을 잘 알 수 있었다.

미안하다고 해야겠다. 나는 속으로 생각했다. 하지만 어떻게? 영수에게 수업 후에 오라고 할까? 그러면 영수가 더 부끄러워하지 않을까? 아니면 삐삐* 번호를 알아내어 내게 전화하라고 할까? 하지만 말더듬이 증상은 전화로 말할 때 더 심각해지니까 그것도 별로 좋은 생각이 아닌 듯하다.

그렇다면 어떻게 사과를 할까. 이런저런 궁리를 하다가 가만히 생각해 보니, 정말로 내가 사과해야 하는 상황인가에 대해 의구심*이 일어났다. 요컨대 그게 정말 내 잘못이었는가 말이다. 영수에게 그런 문제가 있다는 것을 나는 모르지 않았는가? 학기 시작할 때 미리 자기에게 이러이러한 문제가 있으니 호명하지 말아 달라고 한마디라도 해 줬으면 어련히 알아서 했을까 말이다.

게다가 선생 체면에 학생에게 그런 말 했다고 해서 사과할 필요까지 있겠는가. 그리고 지금쯤은 영수도 다 잊어버리고 있을지도 모르는데 괜히 사과해서 오히려 긁어 부스럼이 될 수도 있다.

* **삐삐** 휴대용 무선 호출기. 호출 알림 소리를 본떠 '삐삐'라고 불림. 휴대폰이 보편화되기 전의 유용한 통신 수단이었음.
* **의구심** 믿지 못하고 두려워하는 마음.

영수에게 '미안해'라고 말할 필요가 없을 만한 온갖 구실들을 발견하고 나니 그제야 마음이 편해졌고, 오히려 사과하려고 생각했던 내가 어리석게까지 여겨졌다. 그리고 이 바쁜 와중에 그런 생각까지 하고 있다니, 쓸데없는 시간 낭비라고 결론짓고 그냥 잊어버렸다.

하지만 오늘 나는 '미안합니다'라는 말, 아니 그 말의 위력에 대해서 다시 생각해 봐야만 했다.

저녁때 아버지가 오피스텔에 있는 나를 데리러 차를 갖고 오셨다. 아버지와 내가 공동으로 집필하고 있는 고등학교 영어 교과서를 위해 출판사에서 얻어 준 오피스텔인데, 나는 주말에 그곳에서 일하곤 한다.

아버지와 만나기로 한 약속 시간보다 조금 늦게 나갔는데, 건물 뒤편에 있는 주차장 경비원이 아버지에게 현관 가까이에 차를 댔다고 소리를 지르고 있었다. 아버지는 계속 허리를 굽히면서 사과하고 계셨다.

"미안합니다. 잠깐만 있을 겁니다. 제가 기다리고 있는 사람이 곧 나올 겁니다."

그러나 아버지 연세쯤 되어 보이는 경비원은 심하게 아버지를 힐책하였다*.

"아, 글쎄 기다리려면 저기 주차장 안에 차를 대고 기다리

* **힐책하다** 잘못된 점을 따져 나무라다.

란 말예요! 왜 하필이면 현관 앞에 차를 대냐고요."

"미안합니다. 조금만."

아버지는 계속 '미안합니다'를 반복하고 계셨다. 물론 차를 현관 근처에 대는 것은 금지되어 있지만, 경비원에게 머리를 조아리는 아버지의 모습을 보자 너무 자존심 상하고 화가 나서 나는 경비원을 한 번 흘끗 쳐다보고는 차에 올라탔다.

경비원은 잠시 나와 목발을 번갈아 가며 쳐다보았다. 그러고는 아버지에게 깊이 머리를 숙이더니,

"아이고, 정말 죄송합니다. 왜 이분을 기다리고 있다고 말씀해 주시지 그랬어요. 만약 그랬다면 아무 말도 하지 않았을 텐데요. 이분이라면 몸이 불편하시니까 여기 대셔야지요, 이분을 자주 봬요."

말을 하는 와중에도 그는 중간중간 "미안합니다, 죄송합니다."라는 말을 여러 번 되풀이했다.

아버지는 또 아버지대로 "괜찮습니다. 제가 잘못한 건데요. 죄송합니다."라고 사과했고, 두 사람은 서로에게 인사하고 헤어졌다. 차가 떠날 때 경비원은 손까지 흔들며 우리를 배웅해 주었다.

얼마나 아름다운 결말인가! 서로 얼굴 붉히고 마음 상하고 헤어졌을 수도 있는 일이었지만, 두 사람 모두 기꺼이 "미안합니다." 하고 사과를 했기 때문에 결과는 해피 엔딩이었다.

아마도 나라면 아버지처럼 사과하는 대신 "금방 간다는데

왜 그러세요? 그렇게 융통성*이 없으세요?" 하면서 얼굴을 찌푸렸을 것이고, 경비원도 사과하는 대신 '그래도 원칙은 원칙이지, 아무리 몸이 불편한 사람 기다린다고 차를 현관 앞에 세우다니.' 생각하면서 뾰로통한 얼굴로 돌아섰을 것이다.

그러나 나보다 나이도 많고 인생 경험도 풍부한 두 사람은 해피 엔딩을 만드는 법을 잘 알고 있었다. 자신의 잘못을 기꺼이 인정하는 태도와 상대방의 처지를 이해하려는 마음 그리고 '미안합니다'라는 말의 효력을 알고 있었던 것이다.

그래도 나는 차를 타고 나서 아버지에게 투덜댔다.

"아버지, 왜 그런 사람한테까지 허리를 굽히고 그래. 채신* 없어 보이잖아."

그러자 아버지가 의아한 표정으로 말씀하셨다.

"채신? 원, 잘못한 거 사과하는데 채신은 무슨 채신이냐?"

문득 영수 얼굴이 떠올랐다. 잘못한 것 사과하는데 선생 체면은 무슨 선생 체면? 수업 중에 내가 한 말 때문에 영수가 아직도 상심해 있을지도 모른다. 내일은 수업 끝나고 정식으로 사과해야지.

"얘, 영수야, 지난번엔 미안했어. 수업 중에 읽는 것 시키지 말라고 말해 주지 그랬니. 모르고 그런 거니 용서해 줄 거지?"

* **융통성** 그때그때의 사정과 형편에 따라 일을 적절하게 처리하는 재주.
* **채신** 처신. 세상살이나 대인 관계에 대해서 가지는 몸가짐이나 행동.

이번 일을 계기로 나도 '미안합니다'를 좀 더 자주 말할 수 있을 것 같다.

장영희 1952~2009

수필가, 영문학자. 수필집 『내 생애 단 한 번』 『문학의 숲을 거닐다』 『축복』 『살아온 기적, 살아갈 기적』 등이 있다.

재능에 관하여*

황효진

재능에 관해서라면, 저는 자신 있었습니다. 저에게 많은 재능이 있다고 믿었어요. 무엇이든 금방 배웠고, 그럴싸해 보이는 수준까지 빠르게 올라서는 편이었거든요. 글쓰기에 관해서도 마찬가지였습니다. 어릴 때는 단 한 번도 제가 글을 잘 못 쓴다고 생각해 본 적이 없어요. 틈만 나면 책을 읽었으며, 그 덕분인지 교내 글쓰기 대회가 열리기만 하면 상을 받았지요. 과학 상상 글짓기, 에세이, 편지 등 장르와 관계없이 상을 놓친 적이 거의 없습니다. 서랍에는 글쓰기 대회 상장이 가득했고, 나중에는 글쓰기에 관한 상을 받는 게 시시해질 지경이었어요. '글을 잘 쓰는 사람'이라는 건 저에게 아주 중요한 정체성이었습니다. 용감하게도 일기를 써서 홈페이지에 올리거나, 지금의 인스타그램과 비슷했던 싸이월드에 멋 부린 문장들로 가득한 소설과 수필을 적어 올리고는 했어요. 친구들이

* 이 글은 『어른이 되면 고민이 끝날까?』(창비 2023) 제8장에 실린 것이다.

네 글 잘 읽었다고, 정말 좋다고 말해 주면 마음속으로 우쭐해했습니다. '당연하지! 내가 썼는데 안 좋을 리가 있냐고.' 작가가 되겠다고 다짐한 적은 없지만 재능을 확신했어요. 제 안에는 '나는 글을 잘 쓰는 사람'이라는 믿음이 계속 있었어요.

기자가 되고 글 쓰는 일로 월급을 받기 시작하면서 그 믿음은 와장창 깨졌습니다. 일을 시작하고 몇 달이 지나도록 글 잘 썼다는 말을 단 한 번도 듣지 못했거든요. 읽는 사람을 더 중요하게 여겨야 하는 기자로서 쓰는 글과 그냥 혼자 끼적이는 글은 무척이나 달랐습니다. '글 잘 쓰는 사람'인 나니까 자연스럽게 모든 글을 잘 쓸 수 있을 것이라는 저의 생각은 착각이었습니다. 실제로는 함께 일하는 선배들이 제 글을 매번 처음부터 끝까지 다 뜯어고쳐 주어야 할 정도였어요. 내 나름대로 열심히, 잘 썼다고 생각한 글이 고쳐지고, 고쳐지고, 또 고쳐지는 모습을 보면서 슬슬 회의감*이 밀려왔습니다. 밤새워 일하는 것보다 글 잘 쓴다는 소리를 듣지 못하는 것이 더 힘들었어요. 그즈음 글쓰기가 너무 버거워서 자주 울었습니다. 그동안 내가 내 재능을 착각해 온 건 아닐까. 글쓰기에 재능이 없는 거라면, 빨리 그만두는 게 낫지 않을까. 다 포기하고 싶었습니다. 회사에서 나와야겠다고 결심했어요. 그런데 문득 이런 생각이 들었답니다.

* **회의감** 의심이 드는 느낌.

'지금 이 상태로 그만두면, 같이 일했던 사람들이 나를 글도 못 쓰는 기자였다고 기억할 거잖아. 그건 내 자존심이 허락하지 않는 일인데?'

글을 더 잘 쓰고 싶다는 욕심보다 글 못 쓰는 사람으로 남고 싶지는 않다는 오기가 저를 노력하게 만들었습니다. 딱 1년만 버텨 보자는 결심으로 그때부터 다시 책도 열심히 읽고, 다른 기사도 유심히 보고, 괜찮은 수준이 될 때까지 스스로 글도 고쳐 보면서 매일을 보냈어요. 그렇게 1년을 채우자 저는 선배들의 도움을 덜 받고도 읽을 만한 글을 쓰는 기자가 되어 있었습니다. 글 쓰는 일이 꽤 재미있다는 사실도 다시 깨닫게 되었지요. 재능이 다가 아니며, 재능이란 영원하지 않다는 것도요.

분명 사람마다 타고난 재능이 있을 거예요. 특별히 노력하지 않아도 남들만큼, 혹은 남들보다 더 잘하게 되는 무언가가 있다면 그게 바로 재능이지요. 비슷한 시기에 배우기 시작했는데 수학이나 과학을, 체육을, 음악을 월등히 잘하는 친구들이 있잖아요. 미술을 유난히 잘 못했던 저는 별로 힘들이지 않고도 멋진 그림을 쓱쓱 그려 내는 친구들을 보며 '저게 타고난 재능이라는 거구나.' 생각하고는 했거든요. 그렇지만 재능이 주는 행운의 상한선*은 정해져 있어요. 재능이 기반을 마련해

* **상한선** 더 이상 올라갈 수 없는 한계선.

준다면, 그 이후로는 성실한 노력이 뒷받침되어야 합니다.

눈앞에서 당장 빛나는 재능에 비해, 성실함에는 가치가 잘 매겨지지 않는 것 같아요. 성실함은 변함없다는 뜻이기도 해서 눈에 잘 띄지 않습니다. 너무 열심히 노력하는 모습은 좀 멋없어 보일 것 같으니, 노력은 숨기고 타고난 재능인 척 멋지고 탁월한 모습만 남들에게 보여 주고 싶을 때도 있어요. 하지만 재능이 원래 있든 없든, 그것은 그리 중요하지 않습니다. 이 사실을 아는 사람만이 앞으로 더 나아질 수 있다고 생각해요.

이런 이야기가 '성취를 위해 열심히 노력해야만 한다.' 혹은 '노력하면 안 되는 일이 없다. 그러니 무조건 노력해라.'라는 뜻으로 비칠까 봐 약간은 걱정됩니다. 재능과 노력이 적절한 조화를 이룬다고 해서, 성실함을 최대치로 발휘한다고 해서 모든 일에 좋은 성과를 기대할 수 있는 건 아니거든요. 다만 자기 자신만큼은 어제와 오늘, 무엇이 얼마나 달라졌는지 눈치챌 수 있죠. 오늘의 내가 좀 아쉬워도 내일은 그보다 나아질 거라 기대할 수도 있고요. 재능에 집착하지 않는 노력은 오래오래 버틸 힘과 자신을 쉽게 비관하지 않을 힘을 만들어 줄 거예요.

그래도 '나는 내 재능이 뭔지 알고 싶어.' '아무리 고민해 봐도 난 재능이 없는 것 같은데…….'라고 생각하는 분이 있겠지요? 비밀을 하나 알려 드릴게요. 무언가를 좋아하는 마음 역시 재능이 될 수 있답니다. 좋아하는 것을 발견하고, 거기에 몰입하고, 그것을 좋아한다고 크게 말하는 일은 의외로 쉽지 않거든요.

영화 「썸머 필름을 타고!」의 '맨발'은 시대극을 좋아하는 일본의 고등학생입니다. 그러나 사무라이를 주인공으로 한 맨발의 시나리오는 같은 영화 동아리 친구들에게 인기를 얻지 못하고, 영화화되지 못할 위기에 처하죠. 맨발은 자신이 좋아하는 이야기를 영화로 만들어 내겠다는 의지를 꺾지 않습니다. 몇몇 친구와 힘을 모아 우당탕탕 함께 영화를 만들기 시작해요. 맨발의 시나리오가 아주 뛰어나서가 아니라, 그의 '좋아하는 마음'이 친구들을 움직인 거예요.

비밀이 하나 더 있습니다. 재능은 창작이나 학문, 기술의 영역에만 존재하는 게 아니에요. 누군가의 재능이 꼭 글쓰기나 피아노 연주, 어려운 수학 문제 풀기 등에만 있는 건 아니라는 의미입니다. 예를 들어, 제 친구 중 한 명은 다른 친구들이 했던 이야기를 잘 듣고 잘 기억해 두고는 해요. 저는 그 친구를 가리켜 '우정에 재능이 있는 사람'이라고 말합니다. 사랑에 재능이 있거나, 다정함에 재능이 있는 사람도 있겠죠.

더 좋은 건 그런 재능 역시 노력을 통해 더 나아질 수 있다는 거예요. 너무 많이 슬퍼서 트위터에 슬펐다는 글을 남긴 어느 날, 저는 지인으로부터 편지를 한 통 받았습니다. 거기에는 '종종 견딜 수 있을 만큼만 슬프길 바랄게요.'라는 문장이 쓰여 있었어요. 그는 빛나는 다정함을 가진 사람이었지요. 예전 같으면 그런 다정함은 그 사람이 타고난 것이라고, 백 퍼센트의 확률로 재능이라고 여겼을 거예요. 하지만 편지를 읽고 또 읽는 동안, 그가 얼마나 많은 사람을 위로하는 연습을 성실히 해 왔는지, 그러면서도 함부로 위로하지 않는 태도를 고민하며 적절한 다정함을 발휘하기 위해 노력해 왔는지 깨닫게 되었습니다.

편지에는 제가 다른 사람들의 반짝임을 잘 발견해 주는 사람이라는 칭찬도 담겨 있었어요. 저는 그 칭찬을 (제 마음대로) 이렇게 해석했습니다. '너는 재능을 타고난 것처럼 보이는 누군가의 모습 뒤에 숨겨진 노력의 시간을 볼 줄 아는 사람이야. 그게 너의 진짜 재능이지.' 어깨가 으쓱해졌어요. 재능이 없거나 부족하다는 생각으로 작아질 때마다 이 말을 기억하려고요. 이건 제가 얼마든지 갈고닦을 수 있는 재능이니까요.

황효진

작가, 팟캐스터. 엔터테인먼트 분야를 다루는 기자로 일했으며, 콘텐츠에 관해 이야기하는 팟캐스트 「시스터후드」를 진행했다. 지은 책으로 『아무튼, 잡지』 『나만의 콘텐츠 만드는 법』 『어른이 되면 고민이 끝날까?』 『일의 말들』 등이 있다.

활동 1

○ 나만의 기준을 세우고 그에 맞추어 실천하는 일은 바람직하고 주체적인 삶의 태도입니다. 내가 이루고 싶은 목표를 떠올리고, 그 목표를 이루기 위해 어떻게 노력할 수 있을지 고민해 봅시다. 사소해 보이는 것이라도 좋습니다.

❶ 이루고 싶은 목표가 있다면 써 봅시다.

❷ 목표에 가까워지기 위해서 내가 일상 속에서 실천할 수 있는 일을 세 가지 써 봅시다.

1.

2.

3.

활동 2

○ 때로는 하고 싶거나 해야 하는 말을 하기 어려운 순간이 있습니다. 쑥스러워서 입이 떨어지지 않거나, 말을 건넬 적절한 기회를 놓칠 수도 있지요. 그럴 때 편지는 상대방에게 해 주고 싶은 말을 정리해서 전할 수 있는 좋은 수단입니다. 내 마음을 차분하게 전달하는 편지를 써 봅시다.

❶ 누군가에게 평소 하고 싶었던 말이나, 예전에 미처 하지 못했던 말이 있다면 적어 봅시다.

에게

라고 말해 주고 싶다.

❷ 상대방을 향한 진솔한 마음을 담아 편지를 써 봅시다.

2부

소통으로 성장하는 우리

여는 글

우리는 일상에서 자신의 생각과 감정을 다른 사람과 공유하고 소통하며 성장합니다. 소통은 '뜻이 통하다'라는 의미를 지니고 있습니다. 서로 뜻이 통하지 않으면 어떤 일이 일어날까요? 상대방의 마음을 알지 못해 답답하기도 하고, 나의 의도가 상대방에게 다르게 전달되어 오해가 생기기도 하고, 때로는 갈등의 불씨가 퍼져 나가기도 합니다. 소통을 통해 다른 사람의 의견과 감정을 이해하고 가치관을 존중할 수 있습니다. 따라서 민주 시민 사회에서 소통은 개인과 공동체의 문제를 해결하는 데 중요한 역할을 하지요.

2부에는 소통으로 더 넓은 세상을 만날 수 있는 방법을 담은 글을 엮었습니다. 효과적인 듣기와 말하기를 통해 원활하게 의사소통하는 방법을 안내하는 글도 있고, 읽기와 쓰기 과정을 점검하여 내용을 더욱 깊이 이해하는 방법을 알려 주는 글도 있습니다. 디지털 시대의 소통은 말과 글뿐만 아니라 다양한 매체를 통해 이루어집니다. 신문, 텔레비전, 라디오, 인터넷과 같은 매체를 통해 세상과 소통하며 내가 알고 있는 세계를 더욱 확장할 수 있습니다. 매체에 표현된 자료를 읽고 분석하는 방법을 다룬 글을 통해 우리를 둘러싼 수많은 매체 속에서 무엇을 어떻게 읽어 내야 할지 고민해 보길 바랍니다.

우리 편하게 말해요

이금희

여러분, 발표는 결국 기싸움입니다. 사람이 10명이든 100명이든 나와 그 사람들 간의 기싸움이에요. "안녕하세요." 하고 인사하는 순간부터입니다. 사람들의 기에 눌려서는 안 됩니다. 초반에 기선을 제압할 수 있다면 제일 좋지요. 그것까지는 바라지 않더라도 절대로 풀이 죽으면 안 됩니다. 그러면 어떻게 해야 할까요? 자신감 있게 시작해야겠지요. 자신감은 어떻게 생길까요? 그렇습니다. 충분히 준비하고 연습하면 키울 수 있습니다.

이 대목에서 제가 소개하는 뮤지컬 배우 이야기가 있습니다. 오래전 인터뷰 때 들었어요. 저는 뮤지컬 보러 가는 걸 정말 좋아합니다. 지금은 오후 6시에 라디오 방송을 진행하고 있어서 가기가 어렵지만 4시부터 6시까지 라디오 생방송을 하던 시절에는 대극장 라이선스 뮤지컬*부터 소극장 창작 뮤지컬

* **라이선스 뮤지컬** 외국의 원제작자에게 사용료(로열티)를 지급하고, 이를 한국어로 번안하여 국내 배우를 기용해 무대에 올리는 뮤지컬을 말한다.

까지 안 보는 작품이 없을 정도였습니다. 당시 스타였던 그 배우를 보면서 늘 궁금했던 점을 물었지요. "어쩌면 그렇게 무대에서 자신감이 넘치세요? 떨거나 긴장하는 모습이 전혀 없어요. 무대에서 그렇게 당당하고 멋지게 노래하고 연기하는 비결이 뭔가요?"

답은 한 가지, 연습이었습니다. 노래 한 곡을 만 번씩 불러 본다는 겁니다. 백 번, 천 번, 만 번을 부르고 나면 이런 마음이 된답니다. '빨리 무대에 올라서 이 노래를 사람들에게 들려주고 싶어.' 작품마다 다르지만 보통 뮤지컬에는 스무 곡 안팎의 노래가 나옵니다. 여럿이 함께 부르는 합창을 제외하면 주연의 경우 열 곡 정도는 완벽하게 불러야 하죠. 그럼 무려 연습을 십만 번이나 한다는 겁니다. 어때요. 자신감이 저절로 뿜뿜! 솟겠죠?

또 다른 사례는 「개그 콘서트」입니다. KBS 인기 프로그램이었던 「개그 콘서트」에 '생활의 발견'이라는 코너가 있었습니다. 한번은 그 코너에 출연 제안을 받았습니다. 5분 남짓한 코너에 제가 등장하는 장면은 기껏해야 2~3분이었습니다.

대본을 미리 받아 혼자 외운 후 연습실에 갔던 날, 깜짝 놀랐습니다. 전문가들이니 한두 번 맞춰 보고 녹화하는 줄 알았거든요. 그런데 무려 서른 번이나 연습을 하더군요. 하도 연습을 많이 하니까 나중에는 대사가 입에서 저절로 나왔어요. 첫 연습 이후 설 연휴가 끼어서 녹화 당일에 만나기로 했습니다. 물론 그날도 일찌감치 가서 대사와 동작을 맞추어 봤지요. 다들 잘 쉬셨냐고 인사를 드렸더니 하루도 안 쉬고 계속 연습실에 나왔다고 하더라고요.

제 역할은 고(故) 박지선* 씨가 대신 해 줘서 연습했다고 했습니다. 다시 열 번 정도 맞춰 본 후에 카메라 리허설을 하고 대기실로 왔습니다. 함께 출연하는 개그맨에게 살짝 여쭤 봤어요. 도대체 연습을 몇 번이나 하느냐고요. 코너마다 다르지만 100번에서 200번을 한다더군요. 그렇게 연습을 많이 하면 어찌 될까요. 대사를 잊어버리면 어떡하나, 걱정할 겨를도 없이 조건 반사처럼 내 입에서 대사가 술술 나옵니다. 뇌에 저장하는 게 아니라 세포에 새기는 느낌이었습니다.

우리가 텔레비전에서 봤던 건 남들을 웃게 하는 타고난 재능이 아니라 남들을 웃게 하려고 수백 번씩 준비한 노력이었던 셈입니다. 노력만이 기싸움에서 승기*를 잡게 합니다.

* **박지선** 1984~2020. 코미디언(개그맨).
* **승기** 이길 수 있는 기회.

이금희

아나운서. KBS 프로그램 「6시 내고향」 「사랑의 리퀘스트」 「파워인터뷰」 「아침마당」 등을 진행했으며, 숙명여대 미디어학부 겸임교수를 지내며 말하기 수업을 해 왔다. 지은 책으로 『우리, 편하게 말해요』가 있다.

듣기 실력이 필요한 당신에게

김윤나

누구나 살면서 진솔한* 대화, 깊은 대화를 나누고 싶은 마음이 있다. 그런데 그런 대화를 하기는 쉽지 않다. '내가 이 말을 하면 쟤가 어떻게 볼까?' '내가 이렇게 말해도 되나?'라며 나를 계속 숨기고 방어하기 때문이다. 이런 이야기를 하려면 대화가 안전하게 느껴져야 한다. 그래야 속에 있는 이야기를 하게 된다.

대화가 안전하게 느껴지려면 말하는 사람도 마음을 열어야겠지만, 듣는 상대도 안전하게 듣는 방법을 익혀야 한다. 안전한 듣기 환경을 조성하는 세 가지 듣기 기술을 소개해 보고자 한다.

첫째, '사실 듣기'다. 사실 듣기란 상대가 말한 내용들을 정리하며 듣는 것이다. 사람들은 말을 할 때 보기 좋게 만들어 전달하지 않는다. 이 이야기에서 저 이야기로 건너뛰기도 하고,

* **진솔하다** 진실하고 솔직하다.

군더더기도 붙이고, 과장하기도 한다. 그럴 때 지금까지의 대화 내용을 간단하게 요약하는 기술이 사실 듣기다. 즉, 상대가 들려주었던 장황한* 내용을 짧게 한두 문장으로 정리하여 다시 들려주는 기술이다.

이때 자의적*인 해석을 붙이기보다는 상대가 말한 표현 그대로 반복해서 말하는 게 좋다. 사실 듣기를 사용하면 상대는 '저 사람이 내 이야기를 제대로 듣고 있구나.' 하고 안심한다. 또한 맥락을 벗어나는 방향으로 대화가 흘러가는 것을 미리 방지할 수도 있고, 잘못 이해한 부분에 대해 조정할 수 있다. 공감의 분위기를 끌어올리는 기회가 되기도 한다.

둘째, '감정 듣기'다. 감정 듣기란 말하는 사람의 감정을 파악하여 말로 표현하는 것이다. 모든 사건과 상황에는 감정이 숨어 있고, 그러한 감정은 부정적이든 긍정적이든 제 나름의 역할을 한다. 그러나 대부분의 사람들은 자신의 감정을 있는 그대로 느끼고 표현하는 것을 어려워한다. 이때, 듣는 사람이 상대가 보여 주는 눈빛, 표정, 목소리, 자세 등을 자세히 살펴보면서 감정을 읽어 내고 적절하게 대응하면 비로소 숨어 있던 감정이 밖으로 나오게 된다.

감정은 거대한 소용돌이처럼 휘몰아치다가도 누군가가 그

* 장황하다 매우 길고 번거롭다.
* 자의적 일정한 원칙이나 질서를 무시하고 제멋대로 하는 것.

이름을 제대로 불러 주면 더는 마음을 휘젓지 않고 사라진다. 반면에 존재가 확인되지 못한 감정은 출구를 찾을 때까지 마음 어딘가를 떠돌면서 계속 생채기*를 낸다. 그래서 슬픈 건지, 아픈 건지, 부끄러운 건지 모른 채 살아가면서 점점 더 감정에 무뎌지게 된다. 어쩌면 우리는 솔직한 감정 한마디를 드러내지 못해서 불필요한 말을 하는 것인지도 모른다. "외롭고 힘들어요. 위로해 주세요."라는 말을 못해서 누군가를 욕하고, "내가 부끄럽네. 후회하고 있어."라는 말을 못해서 상대를 질책하게* 되는 것은 아닐까?

마지막은 '핵심 듣기'다. 핵심 듣기란 말하는 사람이 표현하지는 못했지만, 사실은 상대가 알아주었으면 하는 속마음이나 핵심 메시지를 발견하며 듣는 것을 뜻한다. 사람들은 사건 자체가 불러오는 부정적인 감정에 압도되어 그 너머에 있는 본심을 챙기지 못한다. '못 하겠다, 안 되겠다, 힘들다.' 하는 사람이 있다면, 그 감정을 막으려고 하지 말고 숨겨진 메시지를 찾아보자. 핵심 메시지를 잘 찾아서 적절한 반응을 해 주면 상대에게 부정적인 감정이나 말이 멈추고, 새로운 기대를 일으킬 수 있다.

사람들은 누구나 마음속에 '긍정적인 의도'가 있으며, 열심

* **생채기** 손톱 따위로 할퀴이거나 긁히어서 생긴 작은 상처.
* **질책하다** 꾸짖어 나무라다.

히 살고 싶고, 주어진 것들을 잘 해내고 싶은 마음이 있다. 우리에게 필요한 것은 상대의 그 마음이 쉽게 사그라지지 않도록 알아봐 주는 것이다. 첫 마음이 얼마나 귀한지 모르고 자신조차 소홀히 대할 때, 가장 가까이에 있는 사람이 그 마음을 소중히 다루어 주면, '긍정적 의도'의 싹은 푸른빛을 잃지 않는다.

김윤나

말마음연구소 소장. 지은 책으로 『말 그릇』 『슬기로운 언어생활』 『리더의 말 그릇』 『엄마의 말 그릇』 『상처 주는 말 하는 친구에게 똑똑하게 말하는 법』 『내 말은 왜 오해를 부를까』 등이 있다.

정약용의 초서법

이만수

다산 정약용은 조선 후기의 실학자*이며 문신*이다. 그는 네 살 때 천자문을 배운 이래, 열 살에 벌써 경서*와 사서* 등을 공부할 정도로 글 읽기는 물론, 글쓰기에도 재주가 있었다. 심지어 유배지에서조차 다산초당*의 동쪽과 서쪽에 따로 공부할 집을 지은 뒤, 수천 권의 책을 읽고 글을 쓰며 지냈다고 한다. 정약용은 전라남도 강진에 귀양 가 있던 때, 두 아들에게 다음과 같은 내용으로 편지를 보냈다.

> 공부할 때는 먼저 경전에 대한 공부를 하여 밑바탕을 튼튼하고 굳게 한 후에 옛날의 역사책을 두루 읽어 정치의 성공과 실

* **실학자** 현실의 문제를 실질적으로 해결하려는 실용적 학문(실학)을 추구한 학자.
* **문신** 문과 출신의 신하.
* **경서** 옛 성현들이 유교의 사상과 교리를 써 놓은 책.
* **사서** 유교의 경전인 『논어』『맹자』『중용』『대학』을 통틀어 이르는 말.
* **다산초당** 다산 정약용이 1801년 천주교도에 대한 박해 사건으로 인해 전라남도 강진으로 유배(귀양)를 와서 18년 중 10년 동안 생활했던 초가집.

패, 잘 다스려지고 못 다스려지는 근본*이나 원인을 알아야 하며, 또 반드시 실용*의 학문에 뜻을 두어서 옛사람들이 나라를 다스리고 세상을 구했던 글들을 즐겨 읽어야 한다. 이런 마음을 늘 갖고 있으면서, 모든 백성의 살림을 윤택하게 하고 세상에 있는 모든 것을 번성하게 자라게 해야겠다는 뜻을 가진 뒤에라야 비로소 올바른 독서 군자*가 될 것이다.

이 편지를 통하여 정약용의 독서 목적은 학문적인 지식을 습득하거나 입신출세*하는 데 있는 것이 아니라, 자기 삶의 문제와 역사 현실의 문제를 해결하는 데 있음을 알 수 있다. 정약용이 권한 책들은 대체로 두 가지로 분류할 수 있다. 하나는 자기 몸을 갈고 다듬는 데 필요한 책들이고, 다른 하나는 세상을 바로잡고 백성을 편안하게 하는 데 필요한 책들이다. 이때 세상을 바로잡고 백성을 편안히 하는 데 필요한 책들로는 당시의 우리 민족이 딛고 서 있는 현실을 이해하기 위한 역사책과, 우리나라의 옛 문헌이나 문집과 같이 경세치용*에 도움이 되는 책을 추천하고 있다.

한편 정약용은 "훌륭한 독서를 위해서는 책을 읽기 전에 먼

* **근본** 사물의 본질이나 본바탕.
* **실용** 실제로 씀. 또는 실질적인 쓸모.
* **군자** 행실이 점잖고 어질며 덕과 학식이 높은 사람.
* **입신출세** 성공하여 세상에 이름을 떨침.
* **경세치용** 학문은 세상을 다스리는 데에 실질적인 이익을 줄 수 있어야 한다는 유교의 한 주장.

저 자기의 문제의식 또는 주관을 확실히 정해야 한다."라고 했다. 그러지 않으면 책을 보아도 보이지 않고, 책을 아무리 많이 읽어도 소용이 없다는 것이다. 이렇게 자기의 기준을 세운 뒤에는 책을 어떻게 읽어야 하는가? 정약용은 이에 대한 생각을 다음과 같이 피력하고* 있다.

> 내가 몇 년 전부터 독서에 대하여 대충 생각해 보았는데 마구잡이로 그냥 읽어 내리기만 하는 것은 하루에 천백 편을 읽어도 오히려 읽지 않는 것과 다를 바가 없다. 무릇 독서라는 것은 도중에 그 의미를 모르는 글자를 만날 때마다 깊이 생각하고 세밀하게 연구하여 그 근본을 파헤쳐 글 전체를 설명할 수 있어야 한다. 이런 식으로 한 종류의 책을 읽는다면 곁들여 수백 가지의 책을 뒤적이게 된다. 이렇게 읽어야 읽는 책의 뜻과 이치를 분명하고 명백하게 꿰뚫어 알 수 있게 되는 것이니 이 점을 깊이 명심해야 한다.

위의 내용은 책을 마구잡이로 그냥 읽어 가는 것은 아무리 많이 읽어도 소용이 없고, 오히려 읽지 않는 것과 다를 게 없다는 것이다. 책을 읽어 가다가 중요한 개념이나 모르는 내용이 있으면 여러 서적들을 참고하여 세밀하게 연구함으로써 그 책

* **피력하다** 생각하는 것을 털어놓고 말하다.

의 근본을 캐내어야 한다는 것이다.

정약용은 독서의 방법으로 책을 닥치는 대로 많이 읽는 '남독'보다는 책을 깊이 있고 세밀하게 읽는 '정독'을 택했다. 정약용은 거기에 머물지 않고 정독의 구체적인 방법까지 제시하였다. 그것이 바로 '초서법'이다. 초서(抄書)란 큰 책에서 중요한 내용을 뽑아 체계적으로 정리하는 것을 말한다. 정약용은 책을 읽을 때 초서하기에 힘써서 게으름이 없도록 해야 한다고 강조하고, 초서를 할 때는 우선 학문에 대한 자기 자신의 입장이 뚜렷해야 판단 기준이 세워져 취사선택하기에* 용이하다*고 하였다. 또한 자기의 주체적인 입장에서 필요한 곳을 발췌하고* 그것을 정리해 두어야 나중에 글을 쓸 때 도움이 된다고 하였다. 책을 읽을 때 그 요점을 자기 나름대로 정리하고, 그것을 내용에 따라 분류해 두는 것은 학문을 하는 사람들이 해야 할 기본적인 작업인데, 정약용은 특히 이런 기본적인 작업을 부지런히 해 둘 것을 강조하였다.

* **취사선택하다** 여럿 가운데서 쓸 것은 쓰고 버릴 것은 버리다.
* **용이하다** 어렵지 아니하고 매우 쉽다.
* **발췌하다** 책이나 글 등에서 필요하다고 생각하는 부분만을 가려서 뽑다.

이만수

문헌정보학자. 지은 책으로 『문헌정보학의 이해』(공저) 『독서교육론』 『책만 읽는 바보』 등이 있다.

퇴고는 필수

김상우

여러 번 생각하여 고치고 다듬는 일은 글쓰기의 일부다. 공장에서 제품을 생산할 때 마지막 단계에서 품질을 검사하는 과정이 꼭 들어 있는 것과 같다.

퇴고*는 타인의 관점에 입각해* 내 글을 객관적으로 다시 읽으며 시작된다. 그래야 문제점이 보인다. 가장 먼저 전체적인 구조를 되짚어 본다. 주장이 분명한지, 논리 전개가 어색하지 않은지, 문장의 연결 고리가 튼튼한지, 앞과 뒤의 내용이 충돌하지 않는지, 문장의 길이와 호흡이 적당한지 점검해야 한다. 필요하다면 뒤에 있는 내용을 앞으로, 앞에 있는 내용을 뒤로 돌린다. 군더더기는 과감하게 덜어 내고 부족한 부분을 보충한다. 긴 문장은 짧게 바꾸고, 오탈자와 비문*을 바로잡는다. 또한 국어사전을 확인하며 부정확한 단어를 적절하게 바꾸어

* **퇴고** 글을 지을 때 여러 번 생각하여 고치고 다듬음. 또는 그런 일.
* **입각하다** 어떤 사실이나 주장 따위에 근거를 두어 그 입장에 서다.
* **비문** 문법에 맞지 않는 문장.

야 한다.

가족이나 친구, 동료 등 가까운 사람에게 글을 보여 주고 봐 달라고 부탁하는 것도 방법이다. 글은 글쓴이의 시각이 아닌, 읽는 사람의 입장이 중요하기 때문이다. 간혹 자신의 글을 다른 사람에게 보이기를 꺼리는 사람이 있는데, 글을 다른 사람에게 선보이는 것은 자존심 상하는 일이 아니다. 타인의 시선을 빌려 글의 오류를 발견할 수 있는 좋은 방법이다. 특히 경제, 외교, 과학, 의료 등의 글을 쓸 때 전문가에게 도움을 청하여 잘못된 용어와 설명을 바로잡는 것도 좋다. 퇴고 과정에서 첫 독자의 의견을 최대한 반영하는 편이 바람직하다.

퇴고가 끝나면 소리 내어 읽어 보고 마무리하면 된다. 발표문이나 연설문이라면 발음하기 어려운 단어를 입에 붙는 단어로 바꿔야 한다. 그래야 말이 엉기지 않는다. 너무 길거나 모자라면 분량을 조절해야 한다. 대부분의 경우에는 눈으로 읽기와 소리 내어 읽기 사이에는 시간 차이가 있다.

김상우

기자 출신의 작가. 지은 책으로 『글쓰기 필수 비타민 50』『글쓰기 공포 탈출하기』『기자를 위한 실전 언론법』『글쓰기 꼬마 참고서』 등이 있다.

기자들은 어떤 서술어를 선택할까

이건호

기사는 고발성* 내용을 담는 경우가 많다. 이럴 때 종종 사용되는 술어가 '드러났다' 또는 '밝혀졌다' 등이다. 현장에서는 이 술어들을 특별히 구분하지 않고 쓰기도 한다. 하지만 상황에 따라 구분할 수도 있다.

우선 '드러났다'는 숨겨진 내용이 외부로 튀어나왔을 때 주로 사용하는 표현으로, 특히 누군가의 조사 없이도 그 내용이 문제가 되어 저절로 분출되는 경우에 사용할 수 있는 말이다. 이에 비해 '밝혀졌다'는 감춰진 내용이 누군가의 조사에 의해 폭로되는 경우를 뜻한다. 즉, '드러났다'는 일부러 내부인들 사이에 밖으로 알려지지 않았으면 하는 어떤 정황이 저절로 나타나는 것을 말하고, '밝혀졌다'는 누군가가 일부러 적극적으로 감추려는 내용이 다른 사람의 조사에 의해 공개되는 것을 뜻한다. 이와 같이 비록 두 술어를 사용하는 배경에 차이가

* **고발성** 개인의 잘못이나 사회의 부조리 따위를 드러내어 알리는 성질.

있기는 하지만, 보도 내용에 따라 그 차별성이 뚜렷하지 않을 때도 있고, 또 정황에 따라 '드러났다'와 '밝혀졌다'를 호환해서 사용할 수도 있기 때문에 둘이 자주 혼용되는 것이 현실이기는 하다. 하지만 이들을 구분해 사용하는 것이 필요한 특정 경우가 생기기도 한다.

이 두 술어보다 더 일반적인 표현으로 '나타났다'가 있다. 이는 어떤 상황의 흐름 속에서 그 결과물로 무엇인가가 특정 현상으로 발현된* 경우를 뜻하는 표현이다. 즉, 누군가가 비밀로 하고 싶어 하거나 적극적으로 감추려는 상황이 저절로 또는 조사에 의해 폭로되는 것이 아니라, 그냥 하나의 경향성*으로 특정 상황이 출현한 것을 뜻한다는 것이다. 하지만 이 세 가지 표현이 하나의 기사에서 같은 단어의 반복을 피하기 위한 기법으로 자주 혼재되어 사용되기도 한다. 하지만 '밝혀졌다' '드러났다'에 비해 '나타났다'는 표현이 일정 정도 불편부당한* 것으로 인정받는다.

추가로 '밝혔다'라는 표현도 짚어 보면, 이는 취재원*이 적극적으로 나서서 특정 사실을 전달할 때 사용하는 것으로 이해할 수 있다. '밝혀졌다'라는 피동형 표현은 적극적으로 해당

* **발현되다** 구체적으로 드러나다.
* **경향성** 사상이나 행동 또는 어떤 현상 따위가 일정한 방향으로 기울어지는 성향.
* **불편부당하다** 어느 쪽으로도 치우치지 않아 아주 공정하다
* **취재원**(取材源) 신문이나 잡지 기사의 출처 혹은 그 출처가 되는 사람.

정보를 파헤친 사람이 그 결과를 폭로하는 때에 사용하고, 특정 내용의 폭로는 아니더라도 자신이 하고 있는 일의 정당성을 강조하는 표현으로 취재원이 정보를 전달하는 것을 묘사할 때 사용하기도 한다. 하지만 '밝혔다'는 기자가 현장에서 해당 취재원이 전달하는 말을 강조하기 위해 사용하는 것으로, 일부에서는 기자의 주관성이 들어가 있는 술어라고 비판하기도 한다. 세부적인 배경을 여기서 모두 거론하기는 어렵지만, '설명했다' '분석했다' '강조했다' 등의 술어도 이와 같은 기자의 주관적 표현의 일환으로 정리되기도 한다. 이런 표현들을 모두 아우르는 불편부당한 표현은 '말했다'이다. 취재원이 그 정보를 전달했다는 뜻에 그치는 표현이다. 그래서 객관적으로 정보를 전달하려는 일반 보도에서는 '말했다'라는 표현이 가장 많이 등장한다. 하지만 '말했다'라는 표현이 너무 많이 사용되면 기사 읽기가 지루해진다는 비판도 있어, '밝혔다' '덧붙였다' '설명했다' 등의 표현을 넣는 경우가 있는 것이다.

서구 언론에서도 기사의 객관성 확보를 위해 그냥 '말했다'라는 의미의 'said'만 사용하라는 주장과 'added' 'explained' 'analysed' 등의 표현을 활용할 수 있다는 주장이 경쟁한다. 가장 안전하게 기사를 쓰려면, 지루하게 느껴지더라도 '말했다'를 중심으로 술어를 사용하고, 너무 지루할 것 같으면 인용 정보 사이에 간격을 둬, 그 간격에 '말했다'식의 술어가 필요 없는 다른 정보를 사용하면서 가는 것이 좋다. 그래도 안 되면,

'덧붙였다' 등을 사용하면 된다. 사실 짧으면 200자 원고지 1매, 길어야 8매 정도 되는 한국의 기사에서 이와 같은 전략을 사용하면 '말했다'만을 중심으로 술어를 풀어 나가기가 어렵지는 않다.

이건호

기자 출신의 언론학자. 지은 책으로는 『미디어와 정치』『스트레이트 뉴스 이렇게 쓴다』『언론 글쓰기, 이렇게 한다』『저널리즘 다시 보기』(공저) 등이 있다.

뉴스와 가짜 뉴스

김봉섭

뉴스는 새로운 소식을 말한다. 하루에도 수없이 일어나는 사건, 사고부터 정치, 경제, 사회, 문화 등 모든 영역의 일들이 우리가 관심을 기울일 만하거나 알아야 할 정보들이다. 지금까지 뉴스는 대부분 신문사나 방송국 같은 전통 언론 매체에서 전문성 있는 기자들이 제공하였다. 하지만 지금은 인터넷이나 사회관계망서비스(SNS) 등 디지털 매체가 등장하면서 누구나 뉴스를 생산할 수 있는 환경으로 바뀌었다. 심지어 인공 지능 기술을 활용하여 로봇이 기사를 작성하는 시대도 열렸다. 외국의 한 언론사에서는 로봇이 스포츠 경기 결과나 기업의 상품이나 주식 등이 거래되는 상황에 대한 기사를 1,000개씩 자동으로 작성하고 있다. 우리나라에서도 로봇이 스포츠 뉴스나 증권 정보 관련 기사를 쓰고 있다. 2030년에는 인공 지능이 미국 최고의 언론상을 받게 될 것이라는 주장도 있다.

이렇게 특정 부류*의 사람만이 뉴스를 생산하지 않게 되면서 검증되지 않은 정보들이 유통되고 있다. 더 나아가 사실과 다른 정보가 온라인에서 만들어지면 언론이 이를 그대로 보도하고, 이것이 다시 온라인에서 부풀려져 재생산되기도* 한다. 이와 같은 가짜 정보 때문에 피해를 보지 않으려면 무엇보다 이용자가 기사를 비판적으로 분석하고 파악할 수 있는 능력을 길러야 한다.

먼저 뉴스에서 제공하는 정보에서 사실과 의견을 구분할 줄 알아야 한다. 뉴스에서 제공하는 사실과 의견은 분명히 다른 특성이 있다. 사실이 객관적이라고 한다면 의견은 주관적이다. 따라서 기사의 의견을 사실처럼 인식하면 안 된다. 의견에는 개인의 선호*나 가치관, 편견이 작용할 수 있기 때문이다. 또 기사에서 강조된 부분, 빠진 부분이 무엇인지를 확인하는 자세를 지녀야 한다. 왜 특정한 내용을 강조하거나 뺐는지 그 의도를 자세하게 확인해야 한다. 기사의 출처를 꼼꼼히 살펴봐야 하며, 다른 매체와 비교하여 사실인지를 확인해야 한다. 그리고 기자의 과거 기사 목록과 평판*을 살펴서 현재 기사와의 관계를 확인해야 한다. 마지막으로 언론사의 평판, 관점, 이해관계를 고려해야 한다. 언론사의 태도에 따라 특정한

* **부류** 동일한 범주에 속하는 대상들을 일정한 기준에 따라 나누어 놓은 갈래.
* **재생산되다** 생산 과정이 끊임없이 되풀이되다.
* **선호** 여럿 가운데서 특별히 가려서 좋아함.
* **평판** 세상에 널리 퍼진 소문 혹은 세상 사람들의 비평.

사회 현상에 대해 서로 다른 이야기를 할 수 있기 때문이다.

특히 유념해야 할 것은 자신이 가짜 뉴스의 생산자가 되어서는 안 된다는 점이다. 누구나 정보를 생산하고 가공하고 유통하는 것이 가능하므로 거짓 정보를 만들고 싶은 유혹을 느낄 수 있다. 이런 행위는 사회 전체에 해로움을 끼칠 뿐만 아니라 자신의 평판에도 부정적인 영향을 미칠 우려가 있다. 정확한 정보만 생산하고 유통하는 능력과 자질을 갖추어야 할 것이다.

김봉섭

한국 지능정보사회 진흥원 연구위원. 지은 책으로 『감성 인공 지능』(공저) 『사이버 불링 10가지 이론』 등이 있다.

매체 자료는 현실을 어떻게 보여 주는가

김지연

신문, 텔레비전, 라디오와 같은 매체는 우리에게 다양한 방식으로 현실을 전달합니다. 이때 매체에 표현된 신문 기사, 뉴스, 광고 등을 '매체 자료'라고 합니다. 그런데 매체 자료가 현실을 그대로 보여 줄 수 있을까요? 그렇지 않습니다. 매체 자료에는 현실의 일부만을 담을 수 있기 때문입니다. 아무리 성능이 좋은 카메라로 사진을 찍는다고 해도 그 사진에는 내가 선택한 장면만 담길 뿐, 현실을 모두 담을 수는 없습니다.

친구와 함께 경주 불국사로 여행을 간 상황을 상상해 볼까요? 나와 친구는 다보탑을 보고 각자 사진을 찍었습니다. 같은 날, 같은 장소에서, 같은 대상을 찍었지만 두 사람이 찍은 다보탑의 사진은 같지 않습니다. 나는 탑의 전체 모습을 담은 사진을 찍었고, 친구는 탑의 일부인 사자 장식을 담은 사진을 찍었습니다. 같은 대상이 사진을 찍는 사람에 따라 다르게 표현된 것입니다. 이처럼 매체 자료에는 제작자의 의도와 관점에 따라 선택된 것이 표현됩니다. 선택적으로 표현된다는 말은 선택되지 않은 것은 배제된다*는 뜻입니다. 친구의 사진에 다보탑의 전체 모습은 배제된 것처럼 말이지요. 이처럼 매체 자료의 제작자가 자신의 의도와 관점을 담아 현실을 표현하는 것을 '재현'이라고 합니다.

현실을 재현하는 방식은 매체에 따라서도 달라집니다. 광고를 예로 들면, 신문이나 잡지에 실리는 인쇄 광고, 라디오에 나오는 음성 광고, 텔레비전에 방송되는 영상 광고의 재현 방식이 각기 다릅니다. 인쇄 광고는 시각적인 정보만 전달하므로 의도와 관점을 한눈에 파악할 수 있는 문구와 이미지*를 사용해 내용을 담아냅니다. 반면, 음성 광고는 청각적인 정보만 전달하므로 음악과 음성 설명 등의 소리를 활용해 내용을 전달합니다. 그리고 영상 광고는 시각적인 정보와 청각적인 정보를 함께 전달하므로 문구, 이미지, 소리, 동영상 등을 함께 활용해 다른 매체보다 더 생생하게 내용을 보여 줍니다. 이처럼 매체마다 특성이 다르기 때문에 매체 자료의 재현 방식이 제각각 달라지는 것입니다.

이제 특정 사건을 다룬 공익 광고*를 바탕으로 매체 자료의 재현 방식을 더 자세히 살펴보겠습니다.

* **배제되다** 받아들여지지 아니하고 물리쳐져 제외되다.
* **이미지** 현실에 존재하거나 머릿속에서 떠오른 형상을 그림이나 사진, 스크린 등으로 시각화한 것.
* **공익 광고** 특정 상품이나 기업의 이미지 등을 홍보하기 위한 것이 아니라, 공공의 이익을 위해 홍보하는 광고.

공익 광고 「나는 판다가 아니에요」, 한국방송광고진흥공사

이 광고에는 다크서클이 생긴 덩치 큰 북극곰이 작은 빙하 위에 올라서 있는 그림과 함께 “나는 판다가 아니에요. 그저 집 걱정뿐이죠.”라는 문구가 있습니다. 왜 북극곰에게 다크서클이 생겼을까요? 바로 집 걱정 때문입니다. 북극곰의 집, 즉 서식지가 사라지는 까닭은 빙하가 녹고 있기 때문이며, 이는

집이 점점 사라지고 있어 북극곰의 걱정이 늘어만 간다는 문구와 북극곰이 겨우 서 있을 정도로 작아진 빙하 그림으로 표현되어 있습니다. 그리고 광고의 왼쪽 윗부분과 오른쪽 가운데 부분에는 북극곰이 서 있기조차 힘든 작은 빙하가 있습니다. 즉, 이 광고는 지구 온난화로 지구의 온도가 올라가고, 그 결과 북극의 빙하가 사라지는 현실을 재현한 것입니다.

이 광고에 어떤 것이 선택되고 배제되었는지 살펴볼까요? 이 광고의 제작자는 지구 온난화에 관한 경각심*을 불러일으키기 위해 북극곰을 선택했습니다. 남극의 펭귄이나 멸종 위기에 처한 다른 동물을 선택할 수도 있었을 텐데 말입니다. 지구 온난화는 단순히 북극만의 문제가 아니라, 전 세계적인 문제이기 때문에 북극곰이 지구 온난화의 대표적인 피해자라는 인식은 일종의 고정 관념*일 수 있습니다. 더구나 광고에는 지구 온난화의 원인이나 지역별 피해 정도에 관한 통계 정보 등은 제공되지 않았습니다. 이는 제작자가 의도적으로 배제한 정보입니다. 만약 지구 온난화에 관심이 없는 사람이라면 이 문제를 북극의 빙하에 한정된 문제로 오해할 수도 있습니다.

그럼에도 이 광고의 제작자가 북극곰을 선택한 까닭은 무엇일까요? 그것은 빙하가 녹아 삶의 터전을 잃은 북극곰의 상징

* **경각심** 정신을 차리고 주의 깊게 살피어 경계하는 마음.
* **고정 관념** 마음 속에 굳게 자리잡고 있어 변하지 않는 생각. 또는 특정 대상이나 집단에 관해 지나치게 일반화된 생각.

적인 이미지가 지구 온난화로 인한 위기감을 효과적으로 전달한다고 생각했기 때문일 것입니다. 특히, 녹아서 좁아진 빙하 위에 커다란 북극곰이 서 있는 모습은 보는 이들에게 문제의 심각성을 직접적으로 느끼게 하여 환경 문제에 관심을 갖게 하는 데 중요한 역할을 합니다. 즉, 이 광고는 지구 온난화에 관한 경각심을 불러일으키기 위한 제작자의 의도와 관점이 반영된 선택과 배제의 결과라 할 수 있습니다.

지금까지 매체 자료가 현실을 재현하는 방식을 광고를 예로 들어 살펴보았습니다. 이를 바탕으로 우리 주변의 다양한 매체 자료들에 사건, 쟁점*, 인물 등을 표현하기 위해 어떤 문구나 이미지가 선택되고 배제되었는지, 또한 우리 사회의 모습이나 특정 집단에 관한 고정 관념이 매체 자료에 어떻게 반영되었는지를 분석해 보세요. 그러면 매체 자료가 우리에게 미치는 영향력에 관해서도 생각해 볼 수 있을 것입니다. 앞으로 우리 주변의 매체 자료에 어떤 현실이 재현되는지 주의 깊게 살펴보는 것이 어떨까요?

* **쟁점** 자신의 견해가 옳다고 서로 다투는 중심 사항.

김지연

명지대학교 교육대학원 국어교육 전공 교수. 2022 개정 창비교육 중학교 국어 교과서에 집필진으로 참여했다.

더 이상 가상 공간이 아닌 곳*

김수아

인터넷 문화가 막 발달하기 시작하던 무렵인 1993년, 미국 잡지 『뉴요커』에는 컴퓨터 앞에 앉은 개의 그림이 실렸습니다. "인터넷에서는 네가 개인지 아무도 몰라."라는 한마디와 함께요. 이 그림은 상대방이 누구인지 명확하게 드러나지 않는 온라인* 공간의 '익명성'이라는 특징을 재미있게 보여 주며 화제를 모았습니다.

이 그림은 온라인 공간의 또 다른 특징도 드러냈습니다. 익명성을 통해 온라인 공간에서는 현실과 다른 나의 모습을 연기할 수 있다는 사실이지요. 누구나, 심지어는 개도 온라인 공간에 참여할 수 있다는 기대를 갖게 했습니다.

여러분은 '가상 공간'(cyber space)이라는 말을 들어 보았나요? 1980년대부터 2000년대 초반까지 미디어를 연구하는 학

* 이 글은 『안전하게 로그아웃』(창비 2021) 제1부 제1장의 내용을 실은 것이다.
* **온라인** 인터넷을 통해 연결되어 통신하고 정보를 교환할 수 있는 상태.

토끼와 거북이 요즘도 경주하나요?
누가 이겨요?
ID: dragonking
0 0
ID: dragonking
0 0
ID: whiterabbit
안녕하세요? 저는 실제로 경주에 참여했던 거북이 본인입니다
!
타닥 타닥
토끼야, 내 노트북으로 뭐 해?
아… 아니.
…잠깐?
내가 너한테 달리기를 졌다고?
게다가 거짓말을 했다고?
나도 명색이 토끼인데… 소문이 너무 퍼져서 창피하다고…
미안!
야!
거기 서!
잡히기만 해!
엉금
엉금
엉금
엉금

자들은 네트워크로 연결된 세상을 가상 공간이라는 이름으로 불렀습니다. 왜 '가상'이라고 표현했을까요? 그 공간이 우리가 숨 쉬고 먹고 마시는 현실과는 다른 곳이라고 생각했기 때문입니다. 온라인 공간은 '가짜' 공간이며 현실과는 다르게 만들어졌다고 여겼지요.

나아가 사람들은 온라인상의 '나'를 현실의 나와 다른 존재로 인식했어요. 2020년대를 살아가는 여러분은 어떤가요? 인스타그램 속의 나와 현실의 나는 다른 존재라고 생각하나요? 그렇게 생각하는 사람은 많지 않을 거예요. 하지만 불과 몇십 년 전만 해도 온라인 세상에 대한 사람들의 생각은 사뭇 달랐답니다.

멀고 낯선, 현실과는 다른 공간

1990년대에 학자들은 사람들이 온라인상에서 자신의 성별을 바꾸는 현상을 흥미롭게 보고 연구했어요. 초기의 온라인 공간은 현실의 나와 완전히 분리된 정체성을 유지하는 것이 가능한 곳이었거든요. 지금처럼 온라인 공간이면서 어느 정도 현실과 연계되어 있는 카카오톡이나 페이스북, 인스타그램 등의 소셜 네트워크 서비스(SNS)는 존재하지 않았을 때입니다. 물론 지금도 온라인상에서 여성인 척하는 남성, 남성인 척하는 여성은 있어요. 하지만 요즘 사람들은 그런 사실에 전처럼 큰 충격을 받지는 않습니다. 이미 많이 본 일들이니까요.

현실의 나는 남성이지만, 온라인상의 나는 여성일 수 있는 것. 온라인과 현실은 서로 다른 어떤 것이라는 생각은 상당히 오랜 기간 우리의 인식 속에 있었습니다.

어쩌면 기술과 매체 자체가 주는 감각의 차이가 영향을 미쳤을지도 모릅니다. 과거에는 네트워크에 접속하는 방식이 지금처럼 간단하지 않았거든요. PC 통신 또한 지금의 인터넷과는 달랐고요. PC 통신은 지금처럼 인터넷이 널리 보급되기 이전에 사용되었던 통신 방식으로, 특정 통신 회사가 제공하는 통신망을 설치한 가입자들끼리만 연결되는 네트워크입니다. PC 통신에 접속하려면 우선 특정한 장소와 장치가 필요했습니다. 지금처럼 걸어 다니거나 버스 안에 앉아 있는 동안에는 불가능했고 컴퓨터가 설치된 방에 들어가야 했어요. 또 PC 통신에 접속하려면 현실의 전화를 끊어야 했습니다. 전화선으로 PC 통신에 접속했거든요. 따라서 PC 통신이 연결되어 있는 동안은 전화를 쓸 수 없었습니다. 적어도 그 시간에는 외부 세상과 어느 정도 단절되지요.

PC 통신에 접속하기 위해 기다리는 시간도 비교적 길었습니다. 기다리는 동안 모니터에 나타나는 파란 화면과 그 안의 깜박이는 흰색 커서. 이런 이미지 자체가 다른 세계로 이동한다는 느낌을 주기에 충분했지요. 게다가 PC 통신에서 만나는 사람들은 현실의 친구들이 아니었습니다. 사는 지역도, 나이도 다른 낯선 사람일 확률이 높았어요.

현실의 지인 대신 낯선 사람들과 교류하게 되었던 것은 PC 통신에 접속할 수 있는 사람이 소수였기 때문입니다. 이 당시에는 휴대 전화가 드물었고, 각 집마다 온 가족이 함께 사용하는 전화기만 한 대 있는 것이 일반적이었습니다. PC 통신에 접속하는 동안에는 이 전화기를 쓸 수 없으니 다른 가족들의 눈치를 봐야 했지요. 그러니 누구나 쉽게 PC 통신을 할 수는 없었어요.

게다가 비용도 만만치 않았습니다. 컴퓨터 자체도 비쌌고, 통신비도 비쌌어요. 어른들에게 물어보면 게임을 하거나 자료를 다운로드 하다가 한 달 통신 요금이 10만 원 가까이 나왔다는 PC 통신 추억담을 들을 수 있을 거예요. 지금처럼 '인터넷 무제한 정액 요금제' 같은 것이 없는 시대였거든요. 1990년대 당시 10만 원을 2020년 소비자 물가 지수로 환산해 보면 19만 원 정도 됩니다. 이렇게 큰 비용을 매달 부담할 수 있는 사람은 많지 않았겠지요? 이런 탓에 당시의 온라인 공간은 소수의 사람들만 연결되어 있던, 들어가기도 복잡하고 비용도 많이 드는 공간이었습니다. 멀게만 느껴지는 그곳은, 그래서 '가상'의 어떤 곳이었지요.

가상 공간을 향한 기대

현실과는 다른 공간으로서 가상 공간은 사람들의 기대를 많이 받았습니다. 긍정적인 전망 중 하나는 민주주의의 발전과 관련된 것이었지요. 특히 현실 세계에서의 차별이 온라인 세계에서는 사라질 것이라는 희망이 넘실대는 시기가 있었습니다.

여러분은 혹시 나이가 어리다는 이유로 무시당한 경험이 있나요? 오프라인 세계에서는 누군가의 말이 그 사람이 지닌 특성에 따라 다르게 받아들여지기도 합니다. 그런데 그때 상상되던 인터넷 세계는 차별 요소들이 전혀 존재할 수 없는 공간이었습니다. 인터넷에서는 너도, 나도 아이디와 닉네임으로만 존재하니까요. 말을 하는 상대가 몇 살인지, 직업은 무엇인지 알 수 없지요. 하지만 이런 장밋빛 전망은 오래가지 못했습니다. 사람들이 온라인 공간에서 아이디로 존재하는 것은 맞지만 말투와 쓰는 단어에서 성별이나 계급, 인종이 드러나기 마련이었거든요. 결국 현실의 차별은 인터넷 세계에서 그대로 반복되었어요.

가상과 현실, 희미해지는 경계

어떤가요, 초기 온라인 공간에 대한 사람들의 생각은 지금 여러분이 인터넷이라고 할 때 떠올리는 생각과 많이 다르지요? 적어도 여러분은 인터넷이 일상생활과 별개인 공간이라고 생각하지는 않을 거예요. 접속하려면 특정한 장소에 가야 하고 별도로 시간을 내야 하는, 소수를 위한 공간이라고 생각하지도 않을 테고요.

이런 변화에는 모바일 네트워크 기술의 발달, 쉽게 말해 '스마트폰'이 가장 큰 역할을 했습니다. 지금 우리는 한 손에 잡히는 기계 하나를 이리저리 만지면 네트워크 안으로 들어갈 수 있습니다. 일상의 많은 일을 온라인을 통해서, 디지털 네트워크를 통해서 하게 되었고요. 이러한 생활의 변화가 온라인 공간에 대한 우리의 생각을 바꾸어 놓았습니다.

'유비쿼터스'(ubiquitous)라는 말을 들어 보았나요? 2006년에 정부가 대한민국의 비전이라고 선포하면서 널리 알려진 말입니다. 유비쿼터스하다는 것은 어디에나 흔하게 있다는 의미입니다. 우리 생활 곳곳에 정보 통신 관련 기술이 존재하고 있어서 언제나, 어디서나 손쉽게 네트워크에 접속할 수 있는 상황을 말하지요. 사람뿐만 아니라 동식물, 도로, 건물, 사물 등도 네트워크에 접속하도록 해 정보를 교환할 수 있습니다. 지금 우리가 사는 환경이 바로 유비쿼터스한 환경이지요.

아주 간단하게 예를 들어 볼게요. 요즘은 정류장에서 버스가 언제 오나 막연히 기다리지 않습니다. 정류장의 안내판이나 스마트폰을 통해 버스가 몇 정거장 전에 있고, 몇 분을 기다리면 되는지를 알 수 있기 때문이지요. 이는 버스, 정류장의 안내판, 스마트폰이 서로 정보를 교환하고 있는 덕분이에요.

온라인 공간과 현실 공간을 분리하는 일은 점차 불가능해지고 있습니다. 스마트폰을 통해 온라인에 접속해 버스 도착 정보를 조회하는 중인 나는 온라인 공간에 있으면서 동시에 오프라인 공간에도 있으니까요. '포켓몬고' 같은 게임을 생각해 볼까요? 길을 걸어 다니면서 현실의 특정 장소에 가서, 스마트폰 속 포켓몬을 잡는 이 게임은 온라인 게임이면서 오프라인 게임입니다. 이렇듯 온라인과 오프라인의 경계는 점차 희미해지고 있어요.

이런 환경 덕분에 '가상의 나'라는 것이 만들어질 틈이 좁아지고 있습니다. 카카오톡, 페이스북 같은 곳에서도 사람들은 실명으로 활동하고, 현실의 친구들과 소통하지요. 스마트폰 너머의 상대방은 이제 진짜라는 느낌 속에서 의미를 지닙니다.

동시에 지금의 온라인 공간 속 악성 댓글들을 떠올리면 생각해 볼 것이 많아집니다. 어떤 사람들은 상대의 얼굴 앞에서는 하지 못할 말을 온라인에서 거리낌 없이 합니다. 심지어 실명을 사용하는 페이스북에서도 다른 사람에게 거친 욕설을 퍼부어요. 가상과 현실의 경계가 흐려지고 있는 상황은 분명하지만, 온라인에서 하는 일은 오프라인과 다르다는 생각도 여전한 것이지요.

김수아

서울대 언론정보학과 교수. 지은 책으로 『안전하게 로그아웃』 『핵심 이슈로 보는 미디어와 젠더』(공저) 『모두를 위한 성평등 공부』(공저) 등이 있다.

활동 1

○ 우리는 일상에서 듣기와 말하기를 통해 자신의 생각과 감정을 표현하며 다른 사람과 의사소통합니다. 다양한 상황에 따라 때로는 어려움에 부딪히기도 하지요. 평소 자신의 듣기와 말하기 과정을 떠올리면서 의사소통 생활을 성찰해 봅시다.

❶ 다음 중 나에게 해당되는 항목에 표시를 해 봅시다.

- ☐ 상대방과 눈을 맞추며 말한다.
- ☐ 적절한 목소리 크기와 속도로 말한다.
- ☐ 상대방의 말을 경청하며 맞장구를 친다.
- ☐ 상대방이 말하는 내용을 정확하게 이해하며 듣는다.
- ☐ 나의 생각과 감정을 상대방에게 자신감 있게 말한다.
- ☐ 상대방이 내용을 잘 이해했는지 반응을 살피며 말한다.
- ☐ 많은 사람 앞에서 말을 할 때 목소리와 표정이 자연스럽다.

❷ 평소 듣기와 말하기에서 어려움을 겪었던 경험을 떠올려 봅시다.

❸ 위의 어려움을 해결하기 위해 내가 실천할 수 있는 방안을 두 가지 생각해 봅시다.

1.

2.

활동 2

○ 매체 자료는 우리가 살아가는 현실을 담고 있지만, 모든 것을 있는 그대로 보여 주는 데에는 한계가 있습니다. 제작자는 자신의 의도와 관점에 따라 무엇을 어떻게 보여 줄 것인지 선택하게 됩니다. 매체가 현실을 재현하는 방식을 파악하면서 매체 자료를 비판적으로 읽어 봅시다.

❶ 다음 물음에 답해 봅시다.

• 「뉴스와 가짜 뉴스」를 읽고, 괄호 안을 채워 봅시다.

- 가짜 뉴스로 피해를 입지 않기 위해서는 이용자가 기사를 (　　　　　　)으로 분석하고 파악하며, (　　　　　　)과 (　　　　　　)을 구분할 줄 알아야 한다.
- 기사에서 강조된 부분이나 빠진 부분이 있는지 확인하고, 있다면 그것을 왜 강조하거나 뺐는지 그 (　　　　　　)에 대해 고민해 보아야 한다.
- 작성자가 기사를 쓰며 어떤 자료를 참고했는지 기사의 (　　　　　　)를 면밀히 살펴봐야 하고, 다른 매체와 비교하며 정보를 다시 한 번 확인해야 한다.

• 「매체 자료는 현실을 어떻게 보여 주는가」를 읽고, 괄호 안을 채워 봅시다.

- 신문 기사, 뉴스, 광고 등을 (　　　　　　)라고 한다.
- 매체 자료를 제작할 때 제작자가 자신의 의도와 관점으로 현실을 표현하는 것을 (　　　　　　)이라고 한다.
- 각각의 매체마다 특성이 다르기 때문에 매체 자료의 (　　　　　　) 또한 다양하다.

❷ 공익 광고에 담긴 제작자의 의도와 관점을 분석해 봅시다.

• 인상 깊은 광고를 하나 선정하여, 그 광고의 재현 방식을 분석해 봅시다.

사용된 문구와 이미지	
매체가 재현한 현실	
제작자의 의도와 관점	

• 다음 질문을 중심으로 광고를 평가해 봅시다.

- 광고에 사용된 문구와 이미지가 제작자의 의도를 전달하기에 효과적인가?
- 특정 대상 혹은 집단에 대한 제작자의 고정 관념이 반영되어 있는가?

❸ 매체 자료를 수용할 때 어떤 태도를 갖추어야 할지 생각해 봅시다.

3부

세상을 바꾸는 움직임

여는 글

좋은 세상이란 어떤 모습일까요? 여러분 머릿속에 떠오르는 여러 장면이 있을 것입니다. 그 속에 나 혼자만 우두커니 서 있나요? 주위에 가족과 친구, 이웃, 반려동물 등 내가 소중하게 여기는 존재들이 함께 있을 것입니다. 더불어 산다는 것은 참 흥미로운 일입니다. 나만의 작은 세계에서 벗어나 넓고 드높은 세계를 경험하는 일이지요.

3부에는 다양성, 인권, 자연, 환경 등 여러 분야에서 세상을 바꾸는 움직임을 담은 글을 엮었습니다. 우리의 소비가 세상에 미치는 영향을 고민하는 글도 있고, 이상 기후 속에서 지구를 지키는 노력을 담은 글도 있고, 사회 구성원 모두의 권리를 위한 유니버설 디자인의 적용을 설득하는 글도 있습니다. 더불어 살아가면서 때로는 낯설고 불편한 순간도 있겠지만, 나의 작은 실천이 세상을 바꿀 수 있다는 믿음을 잊지 말아야 합니다. 더 좋게 바뀐 세상에서 더 멋진 나의 모습을 발견할 수 있을 거예요. 3부의 글을 통해 같은 반 친구와 친하게 지내는 것을 넘어서 나와 다른 삶의 형태를 존중하고 배려하며, 자연의 생명을 경외하고, 지구의 환경을 보호하는 마음을 갖기를 기대합니다. 더 좋은 세상을 만들기 위한 발걸음에 동행해 볼까요?

세상을 바꾸는 소비

전국도덕교사모임

소비 행위로 자신의 정치적·사회적 신념이나 가치관을 적극적으로 드러내는 것을 '소신 소비(미닝 아웃, meaning out)'라고 합니다. 오늘날에는 사회관계망서비스(SNS) 등에서 소비자들의 사회적 움직임이 만들어지면 기업과 정부가 소비자들의 의견에 따라 움직이기도 합니다. 실제로 소비자들이 햄을 덮고 있는 플라스틱 뚜껑이 불필요하다며 반납하는 운동을 벌이자, 해당 기업은 플라스틱 뚜껑을 없앤 포장으로 바꿔서 출시한 사례가 있습니다.

'소비자 주권의 시대'라는 말처럼, 우리는 '소비'라는 '투표권'을 가지고 있고 이 투표권으로 환경친화적인 사회 구조를 만드는 데 참여할 수 있습니다. 하지만 이는 바꾸어 말하면 소비가 바뀌지 않으면 사회 구조도, 지구도 바뀔 수 없다는 말이 됩니다.

우리가 매일 입는 옷을 생각해 볼까요? 유행하는 옷을 입고 싶다는 소비자의 욕망은 패스트 패션* 산업을 발전시켰습니다. 그런데 패스트 패션은 나일론, 아크릴, 폴리에스테르 등과 같은 합성 섬유로 만들어집니다. 합성 섬유가 천연 섬유보다 훨씬 저렴하기 때문입니다. 합성 섬유는 석유, 석탄 등의 화석 연료로 만들어지기 때문에 제작 과정에서 천연 섬유의 세 배에 달하는 탄소를 배출하여 대기를 오염시킵니다.

또한 합성 섬유는 플라스틱의 일종이므로 세탁할 때마다 여기에서 나온 미세 플라스틱 조각이 바다로 흘러갑니다. 일반적으로 합성 섬유를 한 번 세탁할 때 70만 개 이상의 미세 플라스틱 조각이 배출되고, 그 결과 해양을 오염시킵니다.

패스트 패션 산업이 발전할수록 폐기되는 옷도 많아집니다. 전 세계적으로 매년 9,200만 톤의 의류 쓰레기가 발생하는데, 이 가운데 재활용되는 의류는 10퍼센트 정도에 불과합니다. 나머지 폐기된 옷이 자연적으로 분해되려면 수십 년에서 수백 년이 걸립니다. 이처럼 유행에 따라 옷을 소비하는 것은 지구 환경을 오염시킵니다.

우리의 소비는 친환경 기업을 지지함으로써 산업 구조를 바꾸는 데 기여하기도 하지만, 패스트 패션 산업과 같이 탄소 배출을 가속화하는 산업이 발전하도록 하여 지구 환경을 오염시키기도 합니다. 따라서 산업과 사회에 친환경 시스템이 정착하려면 불필요한 소비를 줄이고 윤리적으로 소비하며 적극적

* **패스트 패션** 유행에 따라 소비자의 기호가 바로바로 반영되어 빨리 바뀌는 패션.

으로 의사를 표현하는 것이 중요합니다.

개인의 행동과 실천보다는 정부의 정책이나 산업 구조의 변화가 더 중요하다고 말하는 사람도 있습니다. 하지만 개인이 모여 우리가 되고, 우리의 노력이 사회와 시스템을 변화시키는 물꼬를 틀 수 있습니다. 나의 노력이 변화를 만들어 낼 수 있다는 믿음으로, 일상의 작은 전환을 시작해 보는 것은 어떨까요?

전국도덕교사모임

'생각하는 도덕 수업'을 지향하는 도덕 교사들의 모임. 지은 책으로 『도덕적 시민의 눈으로 세상 읽기』『온 세상이 사회 교과서』『우리가 폭력이라 부르는 것들』『영화와 함께하는 한국사』 등이 있다.

세상을 위해서는 이게 더 좋아, 못생긴 농산물의 반란*

안치용 외

뿌리가 여러 개인 당근, 크기가 제각각인 감자, 괴상한 고구마 등 못난이라 무시당하던 과일이나 채소가 '식품 외모 지상주의'에 도전장을 내밀었다.

못난이 농산물이란

농림축산식품부는 상품성을 높이고 유통* 비용을 낮추기 위해 농산물 표준 규격*을 활용한다. 예를 들어, 오이의 한 종류인 '가시오이'는 구부러진 정도가 2센티미터 이내면 '특', 4센티미터 이내면 '상', 그리고 '특'과 '상'에 미달하면 '보통' 등급을 받는다. 이러한 규격화 과정에서 상품성을 인정받지 못한 많은 농산물이 등급 외 농산물로 구분된다. 못난이 농산

* 이 글은 안치용·이수빈·이은서·이윤진의 「사람 몸엔 이게 더 좋아! 못생긴 농산물의 반란」(『오마이뉴스』 2023. 4. 15)을 교과서에 실으면서 집필진이 제목을 고치고 내용을 다듬은 것이다.
* **유통** 상품 따위가 생산자에서 소비자, 수요자에게 도달하기까지 여러 단계에서 교환되고 분배되는 활동.
* **규격** 제품이나 재료의 품질, 모양, 크기, 성능 따위의 일정한 표준.

물은 이러한 등급 외 농산물 중 외관상 흠이 있거나 모양이 투박해 규격 상품으로 시장에 나가지 못했지만 맛과 신선도에 이상이 없는 농산물을 의미한다.

버려지는 농산물의 현주소*

2020년 농림축산식품부가 채소·과일 등 총 27개 농산물을 대상으로 전국 산지* 농협에 설문 조사한 결과에 따르면 해당 농산물의 생산량 중 등급 외 발생 비율은 평균 11.8퍼센트였다. 우리나라 농산물은 등급 외 판정을 받으면 대부분 가공용으로 헐값에 처분되거나 생산지에서 폐기된다. 이러한 농산물로 인해 농가의 소득이 줄어들고 폐기 비용이 생기는 등 경제적 손실이 발생한다. 그뿐만 아니라 폐기되는 농산물로 인한 환경 오염도 심각한 문제로 떠오른다. 환경부에서 발간한 전국 폐기물 발생 및 처리 현황에 따르면, 2020년 우리나라 생활계 폐기물이 약 1,730만 톤이고 이 중 22.9퍼센트를 음식물이 차지한다. 그중에는 폐기되는 농산물도 상당한 양이 포함되어 있다.

2019년 국제연합환경계획(UNEP)의 식량 위기 보고서에 따르면 전 세계에서 식량의 약 14퍼센트가 생산 후 소비되지 못한다고 한다. 또한 이렇게 버려지는 식량이 폐기되는 과정에

* **현주소** 현재의 상황, 처지, 실태 따위를 비유적으로 이르는 말.
* **산지** 생산되어 나오는 곳.

서 배출되는 온실가스는 전 세계 온실가스 배출의 8~10퍼센트를 차지하여 가뭄, 홍수와 같은 극단적인 기상 현상의 원인이 될 수 있다고 한다. 국제연합은 식품 폐기물이 환경에 미치는 부정적인 영향을 고려하여 지구 환경을 보호하기 위한 지속가능발전목표(SDGs)*에 '책임감 있는 소비와 생산'을 포함했다. 이 목표를 달성하기 위한 농산물 시장의 대표적 행동이 '식자재 새 활용'이다.

식자재 새 활용* 시장

식자재 새 활용은 겉모습 때문에 소비자들에게 닿지 못하고 버려지는 농산물을 주로 유통업체에서 구매해 상품으로 재탄생시키는 것을 말한다. 프랑스의 한 대형 슈퍼마켓에서 2014년 '부끄러운 과일과 채소' 캠페인을 통해 시세보다 30~50퍼센트 낮은 가격으로 못난이 당근을 판매한 것이 식자재 새 활용의 본격적인 시작이었다. 캠페인 광고는 못난이 당근뿐만 아니라, 우스꽝스럽고 개성적인 모양의 감자 등을 등장시켜 시선을 사로잡으면서 못난이 과일과 채소의 가치를 이야기했다. 이 이후로 식자재 새 활용 시장은 식품 시장뿐만 아

* **지속가능발전목표**(Sustainable Development Goals, SDGs) 전 세계의 지속 가능한 발전을 실현하기 위해 2016년부터 2030년까지 유엔과 국제 사회가 달성해야 할 목표.
* **식자재 새 활용** '푸드 리퍼브'를 순화한 단어. 푸드 리퍼브는 음식을 뜻하는 푸드(food)와 재공급품을 뜻하는 리퍼비시드(refurbished)가 합쳐져 탄생한 신조어임.

못난이 감자라든가 상품 가치가 떨어지는 감자들을 주로 수매해서 화장품 원료로 사용하고 있기 때문에 농가들은 크게 환영하고 있습니다.

니라 화장품 업계와 같은 비식품 시장으로 확대되고 있다.

우리나라에서는 한 예능 프로그램과 대기업이 협력한 '강원도 못난이 감자' 사업이 가장 대표적인 식자재 새 활용의 사례로 남아 있다. 이 사업은 '판로를 찾지 못한 못난이 감자 30톤을 기존 농산물보다 싼 가격에 판매하는 전략으로 소비자의 구매를 이끌었다. 못난이 농산물을 전문으로 취급하는 유통 업체가 등장했으며, 화장품 업계에서는 못난이 감자로 만든 손 보습제, 수면 팩 등이 판매되기도 한다.

못난이 농산물 소비의 이점

2021년 한국소비자원의 발표에 따르면 못난이 농산물을 구매한 경험이 있는 소비자의 95.5퍼센트가 재구매 의사가 있다

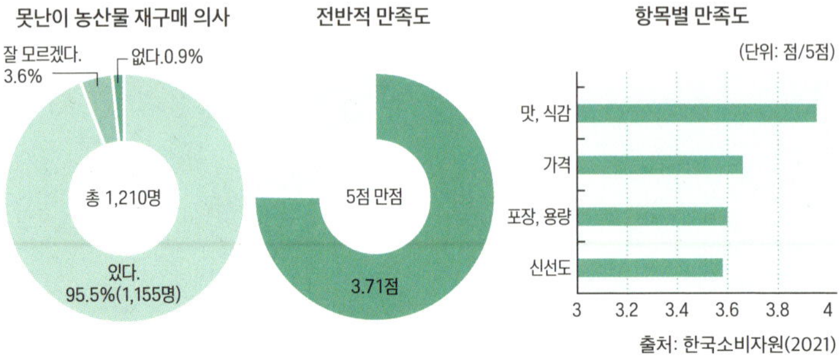

못난이 농산물 구매 실태 및 인식 조사

고 응답했다. 소비자의 전반적인 만족도는 평균 3.71점(5점 만점)으로 못난이 농산물에 관해 대체적으로 만족도가 높았다. 특히 항목별로는 맛·식감(3.95점), 가격(3.64점)에 관한 만족도가 높았다.

기상 이변으로 인한 작황* 부진으로 농가의 시름이 깊어지고 농산물 가격의 상승으로 소비자의 부담이 늘어나고 있다. 이러한 상황에서 못난이 농산물을 소비하면 농업인은 추가 소득원*을 확보할 수 있고, 소비자는 경제적 부담을 덜 수 있다. 또한 폐기되어 음식물 쓰레기로 배출되는 농산물을 줄일 수 있어 기후 위기를 막는 데 도움이 될 수 있다. 따라서 이제 못난이 농산물 소비는 못난 선택이 아니게 되었다. 울퉁불퉁하

* **작황** 농작물의 생산이 잘되었는지 못되었는지의 상황.
* **소득원** 이익을 얻을 수 있는 원천.

고 상처가 난 탓에 소비자를 만날 기회를 원천 차단당했던 못난이 농산물이 이제 지구와 경제를 살리는 영웅이 되고 있다.

안치용

아주대 융합ESG학과 특임교수

이수빈·이은서

오마이뉴스 기자

이윤진

ESG연구소 연구위원

보행자를 위한 유니버설 디자인

오요한

보행, 즉 걷는 것은 인간의 가장 기본적이고 보편적*인 이동 수단이다. 다양한 이동 수단이 계속해서 발전하고 있지만 일상생활에서는 여전히 걸어서 이동하는 때가 많다. 그럼에도 불구하고 우리가 일상에서 마주하는 보행 환경은 위험하거나 이용하기에 불편한 경우가 많다. 그렇다면 안전하고 편안하게 걸어 다닐 수 있는 환경을 만들기 위해서는 무엇이 필요할까? 그 답이 바로 유니버설 디자인이다. 유니버설 디자인은 나이나 성별, 장애의 유무 등과 관계없이 누구나 편리하게 사용할 수 있는 디자인을 말한다. 보행 환경에 유니버설 디자인을 적용하면 우리에게 어떤 이점이 있을까?

먼저, 보행자의 사고를 예방할 수 있다. 차량의 통행*이 복잡한 교차로*에 유니버설 디자인을 적용하여 차량의 속도를

* **보편적** 모든 것에 두루 미치거나 통하는 것.
* **통행** 어떤 길이나 장소를 지나다님.
* **교차로** 두 길이 엇갈린 곳. 또는 서로 엇갈린 길.

낮추는 시설물을 설치하면 교통사고 발생률을 낮출 수 있다. 이러한 시설물의 대표적인 예로 고원식 횡단보도가 있다. 고원식 횡단보도는 보도와 차도 사이에 턱이 없어 어린이, 노인, 장애인 등의 사회적 약자가 수월하게 이동할 수 있게 하고, 일반적인 횡단보도보다 높게 만들어져 과속 방지턱의 역할을 한다. 한국교통연구원의 보고서 「보행자 최우선 교통 환경 조성 방안」에 따르면, 차로의 폭을 기존보다 좁히고 고원식 횡단보도를 설치하면 자동차의 통행 속도가 자연스럽게 낮아져 보행자의 사고 위험이 줄어드는 효과가 있다고 한다.

다음으로, 보행자 중심의 보행 환경을 조성할* 수 있다. 서울시는 유니버설 디자인을 적용한 보행자 중심의 안내 표지를 올림픽 공원에 시범적으로 설치하였다. 이 안내 표지에는 색을 구분하는 데 어려움을 겪는 사람도 쉽게 알아볼 수 있는 색채와 눈에 잘 띄는 서체가 사용되고, 이동 경로와 방향, 경로별 난이도, 보행 장애물, 보행 소요 시간 등의 핵심 정보가 체계적이고 직관적으로 표시되었다. 그리하여 누구나 쉽게 안내 표지의 정보를 파악하여 길을 잃기 쉬운 대형 공원에서도 헤매지 않고 목적지로 이동할 수 있다. 대전시의 경우 폭이 3미터이던 기존의 보도를 5.5.~7.5미터까지 넓히고, 보도 위 장해물을 제거하였으며, 유아차와 휠체어 등이 이동하는 데 불편

* **조성하다** 무엇을 만들어서 이루다.

을 주던 보도의 턱을 낮추는 등 보행자 중심으로 보행로를 바꾸었다. 대전시에서 발표한 보도 자료 「보행자 중심 중리길 조성, 이용자 평가는 '만족'」에 따르면, 대전시가 시민들을 대상으로 만족도를 묻는 설문 조사를 실시한 결과, 응답자의 83퍼센트가 거리가 넓고 쾌적해졌으며 사회적 약자의 이동이 편리해지는 등 보행 환경이 개선되어 만족한다고 답하였다고 한다.

이러한 이점에도 불구하고, 많은 비용과 시간을 문제 삼아 보행 환경에 유니버설 디자인을 적용하는 것을 부정적으로 바라보는 시선이 있을 수도 있다. 하지만 우리 사회에는 비용이나 시간보다 더 중요시해야 할 가치가 있다. 그것은 바로 사회 구성원 모두가 기본적인 권리와 행복을 누려야 한다는 것이다.

가령 길이가 길거나 복잡하게 얽힌 계단을 이용하는 상황을 한번 생각해 보자. '일반적'인 이용자라면 큰 어려움 없이 계단을 내려올 수 있겠지만 거동*이 불편한 노약자나 키가 작은 어린이, 신체 장애인 등 사회적 약자의 입장에서는 쉽지 않을 수 있다. 만약 유니버설 디자인이 적용된 곳이라면 어떨까? 계단을 오르내리기 힘든 노약자는 계단 옆에 설치된 완만한* 경

* **거동** 몸을 움직임. 또는 그런 짓이나 태도.
* **완만하다** 경사가 급하지 않다.

사로로 한결 수월하게* 이동할 수 있다. 키가 작아 난간에 손이 닿지 않는 어린이는 낮은 높이로 설치된 중간 난간대를 잡고 안전하게 계단을 오르내릴 수 있다. 계단의 시작과 끝, 계단이 꺾이는 방향 등을 바로 알기 어려운 시각 장애인은 난간에 부착된 점자 표시로 계단에 관한 정보를 파악하여 다른 사람의 도움 없이도 원하는 대로 이동할 수 있다. 이렇듯 유니버설 디자인은 사회적 약자가 안전하고 편리하게 이동할 수 있게 한다.

모든 국민에게는 차별받지 않을 권리가 있다. 노약자, 어린이, 장애인과 같은 사회적 약자도 모두 국민이기에 이들에게도 차별받지 않을 권리가 있다. 모든 사람의 안전하고 편안한 보행을 위해, 우리 사회에는 보행자를 위한 유니버설 디자인이 필요하다.

* **수월하다** 까다롭거나 힘들지 않아 하기가 쉽다.

오요한

서울 정신여자중학교 국어 교사. 2015 개정 지학사 중학교 국어 교과서와 2022 개정 창비교육 중학교 국어 교과서에 집필진으로 참여했다.

세상을 바꾼 사진들

김경훈

19세기 유럽에서 산업 혁명이 시작되었습니다. 공장이 들어서고 대량 생산이 시작되면서 농촌의 가난한 농민들은 일자리를 찾아 도시로 몰려들었습니다. 하지만 힘든 노동에 비해 급여는 적었고, 많은 부모들은 팍팍한 도시 생활에서 살아남기 위해 아이들을 학교에 보내는 대신 검은 연기를 내뿜는 공장으로 보냈습니다. 탐욕스러운 어른들은 나이가 어리다는 이유로 아이들에게 더 적은 임금을 주며 어른과 같은 수준의 고된 일을 시켰습니다. 때로는 아이들은 어른 노동자보다 덩치가 작다는 점 때문에 광산의 좁은 갱도에 보내지거나, 톱니바퀴가 쉴 새 없이 돌아가는 기계의 좁은 틈에서 어른들이 할 수 없는 위험천만한 일도 해야 했습니다.

20세기 초 미국의 상황도 비슷했습니다. 많은 아동 노동자들은 심각한 건강 문제와 산업 재해에 노출되었습니다. 힘든 노동과 불충분한 영양 공급으로 인해 체중이나 성장에 문제가 생기는 아이들이 많았으며, 광산과 섬유 공장에서 일하는 어린이들은 결핵이나 기관지염 같은 병에 시달렸습니다. 그러나 이러한 문제를 해결하기는 쉽지 않았습니다. 부모들에게는 돈이 필요했고, 사업가들은 어린이 노동자들이 제공하는 값싼 노동력의 유혹을 뿌리치고 싶지 않았기 때문입니다. 심지어 아동 노동은 아이들을 숙련된 기술공으로 키울 수 있는 노동 교육의 일환이며, 경제 발전을 위해 필요한 것이라는 비이성적인 주장까지 등장하였습니다.

이러한 잘못된 사회적 인식을 바로잡기 위해 아동 노동 위원회는 미국 전역에서 행해지는 아동 노동의 실상을 누구나 신뢰할 수 있는 증거, 즉 사진으로 기록하기로 결정했습니다. 그리고 루이스 하인(Lewis Hine)이라는 사진가에게 이 일을 맡겼습니다. 그에게 주어진 임무는 아동 노동 현장을 사진으

로 기록하는 단순한 것이 아니었습니다. 그가 사진을 통해 궁극적으로 달성해야 하는 것은 사회의 잘못된 인식을 깨는 일이었습니다. 사진을 통해 아동 노동으로 우리의 아이들이 어떤 대가를 치르고 있으며, 우리 사회는 어떤 가치를 잃어버리고 있는지를 사회 구성원들이 깨닫게 하는 것이 그가 해야 할 일이었습니다.

하지만 이는 쉬운 일이 아니었습니다. 그에게 순순히 촬영을 허가해 줄 아동 노동 현장은 없었습니다. 그래서 그는 책 판매원, 보험 외판원*, 엽서용 사진 혹은 공장 기계를 찍는 사진사 등으로 신분을 속이고 공장에 잠입해야* 했습니다. 이렇게 공장에 잠입한 그는 아이들과 이야기를 나누는 척하며 감시의 눈길을 따돌린 뒤 재빨리 사진을 촬영했습니다. 루이스 하인은 사진을 찍을 때 아이에 대한 정보와 노동 환경 등을 몰래 적어 그가 찍은 사진 한 장 한 장이 더욱 자세하고 정확한 정보를 전달할 수 있도록 했습니다. 그는 언제나 단추가 여러 개 달린 정장을 입고 잠입 촬영을 하였는데, 그 이유는 옷에 달린 단추로 아이의 키를 어림짐작하기 위해서였습니다.

이렇게 어렵게 촬영한 사진과 수집한 정보는 언론에 공개되었고, 법안 제정에 영향력을 가지는 정치인들과 사회 저명인

* **외판원** 직접 고객을 찾아다니며 물건을 파는 사람.
* **잠입하다** 아무도 알아차리지 못하게 몰래 숨어들어 가다.

사들에게 전달되었습니다. 그리고 대중을 일깨우기 위한 전시회에 전시되기도 했습니다. 때로는 사업주와 경비원들에게 정체가 발각되어 쫓겨나거나 구타를 당하기도 했지만, 루이스 하인은 포기하지 않고 사진기를 들고 미국 전역의 광산, 통조림 공장, 목화 농장 등을 돌아다녔습니다.

1908년에 시작한 이 작업은 무려 10년이나 계속되었고, 마침내 하나둘 결실을 보기 시작했습니다. 1914년, 미국은 14세 이하 어린이의 고용을 금지하고, 16세 이하 청소년의 노동 시간을 제한하는 법안을 통과시켰습니다. 그리고 1920년에는 아동 노동자의 수가 1910년의 절반으로 줄어들었습니다. 그가 10년간의 작업을 마친 후에도 그의 사진들은 계속해서 아동 노동자들의 들리지 않는 목소리를 대변하였고,* 마침내 1938년 미국에서는 아동 노동을 전면 금지하는 조항이 포함된 공정 근로 기준법이 통과되었습니다.

이것은 루이스 하인이 세상을 떠나기 2년 전의 일이었습니다. 비록 그의 사진이 미국 사회를 하루아침에 변화시키지는 못했지만, 사람들에게 당시 미국의 아동 노동 문제에 대한 경각심을 일깨워 주는 계기가 되었습니다. 무심코 길거리에서 어린아이가 파는 신문을 사고, 특별한 문제의식 없이 아동 노동으로 만들어진 저렴한 제품을 사용해 왔던 미국의 대중과

* **대변하다** 다른 사람이나 단체를 대신하여 의견이나 태도를 표하다.

정치인들은 루이스 하인의 사진을 통해 그동안 보지 못했던 사회의 이면을 목격하고, 그동안 듣지 못했던 아동 노동자들의 목소리를 들을 수 있었던 것입니다.

그의 사진 덕분에 오늘날 미국에서는 아동 노동이 거의 사라졌습니다. 하지만 루이스 하인이 지금껏 살아 있다면 그는 이제 미국을 넘어 전 세계 곳곳을 돌아다녀야 할지도 모릅니다. 오늘날에도 수많은 나라의 위험한 작업 환경에서 하루에 14~15시간씩 일을 하는 어린이들이 존재하기 때문입니다. 유니세프(UNICEF)에 따르면 2020년 기준으로 5세에서 14세까지 약 1억 6천만 명의 어린이가 노동 착취*를 당하고 있다고 합니다. 아직도 우리에게는 루이스 하인과 같은 인물이 더 필요할지도 모르겠습니다.

* **노동 착취** 자본가가 노동자에게 노동의 생산성보다 낮은 임금을 지급하는 일. 쉽게 말해 자본가가 노동자에게 일한 대가를 제대로 주지 않고 마구 부리고 빼앗는 것.

김경훈

사진 기자. 퓰리처상, 세계 보도사진전 등을 수상했다. 지은 책으로는 『사진을 읽어 드립니다』 『사진이 말하고 싶은 것들』 『인생은 우연이 아닙니다』 등이 있다.

방관자 효과에 어떻게 대처해야 할까

모상현

지금 정신을 잃고 길바닥에 쓰러져 있는 사람이 있다고 하자. 이처럼 도움이 필요한 사람이 있는 상황에서 사람들은 혼자 있을 때보다 여럿이 있을 때 그 사람을 돕지 않는 경우가 많은데, 이를 '방관자 효과'라고 한다.

일반적으로 우리가 긴급 상황에서 남을 돕기 위해서는 상황을 파악하고, 자신이 도와야 한다는 책임감을 느낀 뒤, 어떻게 도울 것인지 판단하는 과정을 거치게 된다. 그러나 현재 상황이 긴급 상황인지 아닌지를 곧바로 명확하게 파악하는 것이 어려울 때도 많다. 그럴 때 우리는 상황을 파악하고자 타인을 관찰한다. 우리가 알지 못하는 단서를 타인은 알고 있을 것이라고 생각하기 때문이다. 이때 타인이 특별한 반응을 보이지 않는다면 우리는 그 상황이 긴급 상황이 아니라고 생각하게 된다. 그러나 타인 역시 자신이 도와야 하는 상황인지 판단하기 위해 우리를 바라보고 있다는 사실을 우리는 종종 망각한다. 이렇듯 집단적인 해석의 오류가 발생하는 상황을 '다원적 무지'라고 한다. 도움이 필요한 현장에 있는 모두가 타인이 자신보다 더 많이 알고 있으리라 생각하지만, 실제로는 모두가 아무것도 모르고 있기 때문에 아무도 행동하지 않게 되는 것이다.

그렇다면 다원적 무지라는 상황이 발생하지 않으면 사람들은 누구나 긴급 상황에 처한 사람을 돕게 될까? 그렇지 않다. 상황을 파악한 다음에 필요한 것은 스스로 책임감을 느끼는 것이다. 이때 도와줄 수 있는 사람이 나 혼자뿐이라면 100퍼센트의 책임감이 부과되지만, 두 명이라면 두 명이 각각 50퍼센트의 책임감을 갖게 된다. 네 명이라면 이러한 책임감은 25퍼센트로 감소할 것이다. 군중 속에 있을 때 사람들은 '다른 누군가가 도와줄지도 몰라.'라고 생각한다. 모두가 이렇게 다른 누군가가 도와줄 것이라고 또는 이미 도와주었다고 생각하지만, 실제로는 아무도 도와주지 않는 상황이 발생하는 것이다.

심리학자들의 연구에 따르면, 타인이 실제로 현장에 있을 때뿐만 아니라 타인이 있다고 상상할 때도 방관자 효과가 나타날 수 있다. 길바닥에 사람이 쓰러져 있고 주변에 아무도 보이지 않더라도 '이미 구급차를 부르고 지나간 사람이 있겠지. 아니면 근처 건물에서 창밖으로 내다본 누군가가 전화로 신고했겠지.'와 같이 생각하고 그냥 지나치는 경우가 있다는 것이다. 반면 현장에 있는 사람의 수와 상관없이 타인이 도움을 제공할 수 없다고 판단하는 경우, 방관자 효과는 발생하지 않는

다. 평범한 사람도 상황에 휩쓸리면 무정한 방관자가 될 수 있다는 것이 방관자 효과에 관한 연구가 주는 교훈이다.

모상현

심리학자, 한국청소년정책연구원 선임연구위원. 지은 책으로 『경제위기에서 빈곤 아동·청소년의 생활실태』 『청소년, 참여의 새 시대를 열다』(공저) 『청소년 디지털인재를 어떻게 양성할까?』(공저) 등이 있다.

건축 설계로 범죄를 예방하는 셉테드*

정재민

제가 사는 아파트 단지 안 놀이터는 단지 한가운데에 있어서 다른 아파트 동들이 둘러싸고 있습니다. 아이들이 그곳에서 놀고 있으면 범죄 피해를 당할까 봐 걱정할 필요가 없습니다. 놀이터 주변을 오가는 사람들이 많고, 아파트 안에서도 놀이터가 잘 보이기 때문입니다. 어느 간 큰 사람이 조명이 환한 중앙 무대 같은 그 놀이터에 와서 아이들에게 해코지를 할 수 있겠습니까. 그러나 저의 어린 시절 동네 놀이터는 으슥한 곳에 따로 떨어져 있었습니다. 싸움이 빈번하게 일어났고, 불량배가 아이들 돈을 빼앗기도 하며, 본드를 흡입하는 청소년들도 있었습니다.

이처럼 도시의 주요 시설의 위치를 정하거나 건축물의 구조를 설계함으로써 범죄를 예방하는 일을 '셉테드'(CPTED, Crime Prevention Through Environmental Design)라고 합니다.

* 이 글은 『범죄 사회』(창비 2024) 제5장의 일부를 조금 다듬은 것이다.

셉테드는 범죄학자인 레이 제프리가 1971년에 발간한 『환경 설계를 통한 범죄 예방』이라는 책에서 건축 환경을 적절히 설계하고 효과적으로 활용하면 범죄 발생률과 범죄에 대한 두려움을 줄일 수 있다고 한 데서 비롯된 개념입니다. 이것은 범죄 예방 대책을 마련하는 데 있어서 범죄를 저지르는 사람보다 범행이 일어나는 장소, 공간, 상황에 초점을 맞추는 접근 방식입니다. 아무리 범죄적 성향이 강한 사람이 있다고 하더라도 많은 사람이 보고 있거나, 환하거나, CCTV가 설치되어 있는 등 범죄를 저지르기 어려운 상황에서는 범죄를 저지르지 않으려고 합니다.

범죄의 분포에 관한 통계를 살펴보면 특정 지역이나 장소에서 범죄율이 높게 나올 때가 있습니다. 왜 하필 그 지역, 그 장소에서 범죄가 많은지를 분석해 그곳의 공간을 개선하면 범죄율을 낮출 수 있습니다.

미국의 건축가인 오스카 뉴먼은 1972년 『방어 공간』이라는 책에서 건축을 통해 범죄 예방 효과를 거둘 수 있는 '방어 공간'이라는 개념을 제시했습니다. 뉴먼은 뉴욕시의 반다이크 하우스와 그 바로 옆에 있는 브라운스빌 하우스가 위치, 규모, 인구 밀도, 인구 구성에서 거의 차이가 없음에도 불구하고 범죄 발생률이 3배 이상 차이가 나는데 그 이유가 무엇인지 찾아냈습니다. 즉 범죄를 막아낼 수 있는 방어 공간이 있느냐, 없느냐에 따라 범죄 발생률이 차이가 난다는 것입니다.

오스카 뉴먼의 이 연구의 영향으로 미국 법무부는 1974년부터 셉테드 사업을 추진하기 시작했습니다. 방어 공간이 형성되지 않은 지역, 범죄율이 높은 지역에서 일부 건물을 철거하고 건물을 새로 지을 때는 셉테드 원칙을 반영한 것이지요. 1980년대에는 영국, 덴마크, 네덜란드, 오스트리아, 호주 등 유럽 국가들이 범죄 예방을 위해 셉테드 정책을 도입했습니다.

우리나라에서는 2005년 경찰청이 최초로 셉테드 추진 계획을 발표했고, 법무부도 2014년 초부터 셉테드 정책을 실시하고 있습니다. 셉테드는 정부 기관만이 아니라 환경을 설계하는 다양한 주체들의 참여를 필요로 하는 범죄 예방 조치입니다. 특히 건축이나 도시 계획과 관련되어 있기 때문에 국토교통부의 정책이나 지침에도 2009년경부터 셉테드 개념이 반영되고 있습니다. 지방자치단체들도 환경 개선 사업의 일환으로 셉테드를 고려하고 있습니다. 서울시는 2012년에 서울 마포구 염리동의 '범죄 예방 디자인' 사업에 적용한 것을 시작으로 폭넓게 셉테드 정책을 시행하고 있습니다.

2010년 13세 여자아이를 강간 살해하고 물탱크 안에 시신을 내다 버린 김길태 사건이 부산시 사상구 덕포동에서 발생했습니다. 그런데 그 동네 전체에 CCTV가 한 대뿐이고, 골목이 너무 좁고 구불구불하고 방향을 알 수가 없어서, 범죄자가 범행을 저지르고 도망가기도 쉽고, 피해자가 범행의 낌새나 위협

을 알아차리더라도 대피하기 어렵다는 비판이 있었습니다. 이에 따라 부산의 청학동 해돋이 마을에서 음습한 벽과 골목을 깔끔하고 밝은색으로 바꾸고, 구조를 개선해서 시야를 확보할 수 있게 했습니다. 그래서 범죄의 위협을 느낀 사람이 급히 들어가서 버튼을 누르면 부스가 잠겨서 바깥에서 열 수 없도록 하는 공중전화 부스 같은 '안전지킴이존'을 만드는 등 셉테드 개념을 기반으로 한 환경 개선 사업이 실시되었습니다.

어두운 길바닥에 "안심하고 귀가하세요"라는 글자를 환한 불빛으로 비추거나, 학교 폭력이 자주 발생하던 공간의 벽에 암벽 타기를 할 수 있도록 핸드홀드*를 붙여서 운동 시설로 변

* **핸드홀드** 암벽 타기를 할 때 몸을 지탱하거나 균형을 유지하기 위하여 손으로 잡을 수 있는 곳.

모시키거나, 전신주 기둥에 범죄의 위협을 받을 때 누를 수 있는 비상벨을 설치하거나, 계단실이나 복도에 큰 창문을 만들어서 시야가 확보되도록 만든다거나, 현관문을 유리문으로 만들어서 외부에서도 그 안쪽이 잘 보이게 하는 것도 셉테드 개념이 반영된 것입니다.

그러나 셉테드를 통해서 공간적으로 주민들의 감시가 용이한 경우에도, 범죄가 발생하거나 범죄가 발생할 조짐이 보일 때 주민들이 아무런 조치를 취하지 않는다면 셉테드를 통한 범죄 예방 효과가 있을 수 없습니다. 이에 지역 주민들 간의 긍정적 관계를 강화하고 공동체 의식을 좀 더 끌어올리는 작업이 뒤따라야 합니다.

정재민

판사 및 법무심의관을 지내고 지금은 변호사로 일하며, 소설가로도 활동 중이다. 지은 책으로 『지금부터 재판을 시작하겠습니다』 『혼밥 판사』 『범죄 사회』, 소설 『보헤미안 랩소디』 『소설 이사부』 『독도 인 더 헤이그』 등이 있다.

여자와 남자는 얼마나 다를까*

김고연주

아기도 남녀를 구분할까

우리는 언제부터 여자와 남자를 구별할 수 있을까요? 아주 어린 아기들도 남녀를 구분할까요? 이것을 알아보기 위해 EBS의 「다큐프라임」이라는 프로그램에서 2008년에 재미난 실험을 한 적이 있습니다.

태어난 지 3개월이 된 아기와, 돌이 된 아기 앞에 화면을 두 개 놓았어요. 한 화면에는 남자가, 다른 화면에는 여자가 등장해서 똑같은 말을 했지요. 그런데 소리는 한 번에 한 화면에서만 나오게 했어요.

"아기야, 안녕? 만나서 반갑다! 아기는 눈이 아주 예쁘구나. 엄마 닮았어, 아빠 닮았어?"

3개월 된 아기는 여자와 남자가 등장하는 양쪽 화면을 번갈아 가면서 봤어요. 어디서 소리가 나오는지 몰라서 여기저기

* 이 글은 『나의 첫 젠더 수업』(창비 2017) 제1장의 일부를 실은 것이다.

쳐다본 거예요. 누구 목소리인지 판단이 안 되었던 모양이에요. 반면에 돌 무렵의 아기는 남자 목소리를 들려주면 남자가 나오는 화면을 봤어요. 여자 목소리를 들려주면 여자가 나오는 화면을 보고요. 돌 무렵의 아기들은 여자와 남자의 목소리가 다르다는 사실을 알고 있었어요. 그러니까 사람은 태어나자마자 남자와 여자를 구별하는 게 아니었네요!

비슷하지만 또 다른 재미있는 실험 하나를 볼까요? 이번에는 네 살과 여섯 살짜리 아이들이에요. 아이들에게 여자 마네킹과 남자 마네킹을 주고 엄마 아빠처럼 꾸며 보라고 했어요. 그러자 네 살짜리 아이 다섯 명은 남자 마네킹에 양복바지를 입히고 그 위에 분홍색 치마를 덧입혔어요. 검은색 중절모를 씌운 뒤 그 위에 분홍색 모자를 또 씌우기도 했고요. 목걸이와 귀걸이도 걸어 주었어요. 네 살 아이들은 여자와 남자의 옷차림이 다르다는 것을 몰랐던 거예요.

반면에 여섯 살 아이들은 여자 마네킹에는 여자의 옷을, 남자 마네킹에는 남자의 옷을 입혔어요. 여자 옷, 남자 옷을 확실하게 구분할 줄 알았지요. 불과 두 해 차이인데, 그사이에 여섯 살 아이들은 남자와 여자의 옷이 다르다는 것을 깨쳤네요.

이 두 실험을 보면 어떤 생각이 드나요? 실험에서 보듯 사람은 원래 성에 대한 개념 같은 건 없는 채로 태어납니다. 나는 여자, 너는 남자 하는 생각이 없이 태어나, 자라면서 그 차이를 배우지요. 조금 자라면 여자와 남자는 목소리가 다르다는 것을 알기 시작하고, 조금 더 자라면 남자와 여자의 옷차림이 다르다는 것을 배웁니다. 조금 어려운 말로 표현하면, 처음에는 남녀의 신체적 차이를 인식하고 좀 더 크면 '문화적인 문법'을 배워 가요. 실제로 보면 더 흥미진진할 테니, 어린 동생이나 조카가 있다면 집에서 한번 실험해 보세요. 남자 인형, 여자 인형을 활용하면 간단하게 비슷한 실험 환경을 만들 수 있어요. 아이들이 태어나면서부터 성별을 구분하지는 못한다는 것을 확실히 느낄 수 있을 거예요.

(중략)

여성과 남성에 대한 고정 관념

사실 세상에는 여성과 남성에 대한 많은 고정 관념이 아직 굳건하게 자리 잡고 있어요. 그 고정 관념으로는 이런 것들이 있어요.

여자	남자
배려심이 많다	자기주장이 뚜렷하다
소극적이다	적극적이다
연약하다	강인하다
언어를 잘한다	수리를 잘한다
섬세하다	대담하다
감정적이다	논리적이다
요리와 아이를 좋아한다	몸을 움직이는 것을 좋아한다

이런 이분법적인 생각은 은근히 끈질겨서, 반대되는 사례가 아무리 많이 등장해도 도무지 뿌리 뽑힐 줄을 몰라요.

'다 그런 건 아니지만, 대체로 그런 성향이 있는 건 사실이잖아?'

혹시 남녀 차별을 하는 이상한 사람이라는 소리를 들을까 봐 대놓고 말하지는 못하지만, 사실 많은 사람이 마음속으로는 이런 의혹을 품고 있어요. 아마 청소년 여러분도 그럴 거예요. 당장 학교에서만 보더라도 여자애들은 대체로 국어를 잘하는 것 같고, 남자애들은 수학이나 과학 쪽에 더 관심을 보이는 것 같잖아요. 점심시간에 나가서 축구하는 아이들은 대체로 남학생들이고요.

우리나라 사람들만 그렇게 생각하는 것은 아니에요. 미국에서도 이런 소동이 있었답니다. 2005년 1월, 미국 매사추세츠주 케임브리지에서 있었던 일이에요. 미국경제연구소가 주최한 과학 관련 회의가 열리고 있었지요. 회의 주제는 여성 과학자들의 고위직 진출 부족으로 인한 경제적 영향이었습니다. 2005년 당시 전국 대학의 과학, 수학, 공학 전공 분야에서 여성 교수 비율은 20퍼센트에 불과했고, 그중에서도 종신직* 교수는 극히 일부였거든요. 미국경제연구소는 이런 현상의 이유

* **종신직** 평생 동안 일할 수 있는 직위. 유죄 선고나 징계 처분을 받아서 물러나거나 스스로 그만두지 않는 한 평생 일할 수 있다.

를 알고 싶어 하버드 대학의 로런스 서머스 총장을 초청했습니다. 참석자들은 서머스 총장이 무슨 이야기를 할지 잔뜩 기대하고 있었지요. 하지만 서머스 총장의 발언은 기대를 충족시키기는커녕 큰 실망과 분노를 낳았어요.

"여러분에게 도발적인 문제를 제기하겠습니다. 제가 과학, 공학 분야 고위직에 여성의 수가 적은 이유를 세 가지 들어 보겠습니다. 첫째, 성차별 때문입니다. 이들 전공 분야에서 여성에 대한 편견이 이런 결과를 낳았죠. 둘째, 양육 활동 때문입니다. 남자들과 경쟁 상대가 되려면 주 80시간을 일해야 하는데 자녀가 있는 여성들은 이를 꺼리는 편입니다."

여기서부터 좌중이 웅성대기 시작했어요. 특히 여성 청중들이 조금씩 화가 나기 시작했지요. '뭐? 여자들이 일하기를 싫어한다고? 그럼 밤새워 연구하는 우리는 뭐지?' 그런데 이어지는 서머스 총장의 말이 여성들의 분노를 폭발시키고 말았어요.

"셋째, 선천적 소질 차이 때문입니다. 남자들이 선천적으로 과학에 더 뛰어난 소질을 갖고 있을 수 있습니다. 그래서 최고 위층으로 갈수록 여자 과학자들보다 남자 과학자들의 성취도가 더 높습니다."

이 말이 끝나자마자 엠아이티(MIT) 대학의 낸시 홉킨스 교수는 너무 화가 난 나머지 "정말 참을 수가 없네요!" 하면서 자리를 박차고 나갔습니다.

이 발언이 알려지면서 미국의 여러 언론에서는 서머스 총장을 비판했고, 다른 동료 교수들도 사과하라고 요구했어요. 결국 서머스 총장은 "남녀의 성차*는 내가 언급한 것보다 훨씬 더 복잡한 문제이고, 내 발언은 아직 연구 결과를 통해 확립된 것이 아니었습니다." 하고 사과했습니다. 그 뒤 여러 사정이 겹치면서 임기를 다 마치지 못하고 중도에 사임하고 말았지요.

하버드 대학이라면 전 세계의 뛰어난 두뇌들이 모여 있는 곳이니, 천재적인 여성 과학자들을 만날 수 있을 거예요. 그런 대학의 총장조차 이런 생각을 하고 있었던 것을 보면 남녀의 성차에 대한 고정 관념은 정말 굳건해 보입니다.

그런데 남녀의 성차에 대해 실제로 연구를 해 본 학자들은 그런 고정 관념에 대한 근거를 별로 찾을 수 없었다고 해요. 여러분이 가장 관심이 많은 학업 성적을 한번 살펴볼까요? 성차가 타고나는 것이라면 언제 어디서나 언어 분야는 여자가, 수학·과학 분야는 남자가 잘해야겠죠? 하지만 경제협력개발기구(OECD)는 2012년에 발표한 보고서에서 수학·과학 분야의 성별 차이를 정식으로 부정했어요. 또한 여학생들이 읽기 분야에서 월등히 점수가 높긴 하지만 20대 후반에 이르면 그 격차가 거의 사라진다고 보고했습니다.

* **성차** 남성과 여성의 생물학적인 차이.

이와 비슷한 연구는 아주 많아요. 댄 킨들런이라는 하버드 대학의 교수는 『알파걸』이라는 책에서 2001년에 치러진 미국 대학입학자격시험(SAT) 결과를 분석해서 나라별로 성차를 살펴보았어요. 그중 주요한 내용 몇 가지를 꼽아 보자면 이렇습니다.

- 미국, 영국, 오스트레일리아의 9, 10학년 학생 2만 9,899명 중 수학, 과학에서 최고 점수를 받은 사람 중 여학생은 47퍼센트였습니다. 절반에 가까운 수치지요.
- 수학 응용 시험에서 아이슬란드, 노르웨이, 스웨덴, 오스트레일리아, 독일 모두 여학생들의 성적이 더 좋았습니다.
- 일본에서는 수학 시험 5개 영역 중 확률, 공간 도형 2개 영역에서는 남학생이, 응용문제는 여학생이 더 점수가 좋았고 나머지는 비슷했습니다.
- 미국 학생들은 성차가 있었지만 중국 학생들은 남녀 사이에 아무런 차이가 없었습니다.

이 결과에서는 남자가 수학을 잘하고 여자는 언어를 잘한다는 근거를 찾기가 어렵지요? 그렇다면 우리나라는 어떨까요? 2011년 수능 성적을 분석해 보니 남학생은 수학을, 여학생은 국어와 영어를 평균적으로 더 잘하는 것으로 나타났어요. 이럴 수가! 우리나라만 통념에 딱 들어맞는 걸까요? 아직 단정하지는 마세요. 김희삼이라는 학자가 출신 고교 유형에 따라 조사했더니 전혀 다른 결과가 나왔거든요.

우리나라 고등학교에는 남녀 공학, 남고, 여고 이렇게 세 유형이 있잖아요. 이 유형별로 나누어 봤더니, 국어는 여고 여자 > 공학 여자 > 남고 남자 > 공학 남자 순으로 잘했고, 영어는 여고 여자 > 남고 남자 > 공학 여자 > 공학 남자 순으로 잘했대요. 수학은 남고 남자 > 여고 여자 > 공학 남자 > 공학 여자 순으로 잘했고요. 우리나라에서도 반드시 모든 남학생이 수학을, 모든 여학생이 언어를 잘하는 것은 아니군요.

찾아보면 남녀 사이에 타고난 성차가 별로 없다는 사실을 증명하는 연구 결과가 참 많아요. 미국 위스콘신 대학교의 심리학자인 재닛 시블리 하이드는 2005년에 아예 성차를 다룬 모든 심리학 연구를 모아 보았어요. 남녀 성차가 사실인지, 사실이라면 얼마나 큰지 확인해 보려고요. 연구에 자주 등장하는 인지 능력, 대화 스타일, 성격, 정신 건강, 신체 및 운동 능력, 기타 이렇게 6개의 연구 분야를 추려서 그간의 연구 결과들을 총정리한 것이지요. 이 엄청난 작업의 결과는 어떻게 나왔을까요?

전체 연구의 78퍼센트에서 성차가 '미미하거나 거의 없음'으로 나타났어요. 이 중 차이가 가장 많이 나는 부분은 신체 능력이었는데 남자가 공을 더 빠르고 멀리 던질 수 있었고, 더 빨리 달릴 수 있긴 했지만 균형 감각과 유연성에서는 성차가 거의 없었습니다. 반면에 여자는 남자보다 모든 감각, 즉 후각, 청각, 시각, 촉각, 미각이 더 예민했습니다. 차이라면 고작 이 정도가 있을 뿐이었지요. 그러니까 지금까지 진행된 성차에 대한 연구들은 사람들이 흔히 가지고 있는 고정 관념을 별로 뒷받침하지 못해요.

내 몸에 맞지 않는 옷이라면

이런 연구 결과를 받아들이더라도 한 가지 남는 문제가 있지요. 바로 외모의 차이예요. 다른 것은 다 비슷하더라도 남자와 여자는 몸의 생김새에서 엄연히 차이가 있다는 데에는 모두 동의할 거예요. 남자는 여자보다 근육이 많고, 여자는 남자에 비해 지방이 많다고 생각하지요.

아마 그런 몸의 차이가 성차를 가져왔다고 생각하는 사람도 있을 거예요. 이를테면 여자는 지방이 많으니까 소극적이고 연약할 수밖에 없고, 남자는 근육이 많으니까 적극적이고 강인하고 몸을 움직이는 것을 좋아할 수밖에 없다고 생각하는 식이지요. 게다가 여자는 아이를 낳을 수 있어요. 임신, 출산, 모유 수유를 할 수 있는 여자는 아무래도 남자보다 아이를 더 좋아하고 잘 돌볼 수 있을 것 같아요. 반면 남자는 그런 능력이 없으니 남을 배려하거나 아기를 돌보는 일에 서툰 대신 자기 주장이 뚜렷하고 결단력과 추진력이 있을 거라고 짐작하지요.

여자와 남자가 목소리, 얼굴형, 몸의 골격, 근육과 지방의 양, 털의 굵기와 양, 생식기의 모양과 기능 등이 다른 것은 사실이에요. 하지만 여기서 더욱 중요한 건 '사람마다 다르다'는 거예요. 먼저 목소리를 볼까요? 낮고 굵은 목소리를 지닌 여자도 있고 높고 가는 목소리를 지닌 남자도 있지요. 높다, 낮다, 가늘다, 굵다 하는 표현에는 어떤 기준이 있는 것이 아니니까요. 상대적인 차이일 뿐이지요. 숫자로 표시되는 키도 마찬가지예요. 흔히 여자는 키가 작고 남자는 크다고 하지만 키가 '크다'라는 데에 명확한 기준이 있나요? 170센티미터를 넘으면 큰 거고, 그 이하면 작은 걸까요? 그런데 키가 170센티미터인 여자도 있고 168센티미터인 남자도 있잖아요?

인종을 넓혀 생각하면 더 흐릿해집니다. 털은 백인 여자가 황인 남자보다 더 굵고 많을지도 몰라요. 근육은 흑인 여자가 황인 남자보다 더 많을 수 있고요. 여자와 남자의 차이보다 여자들 간, 남자들 간, 또는 인종 간 차이가 훨씬 더 다양하고 클 수 있습니다.

그런데 아무리 많은 연구 결과를 들이대더라도, 많은 사람은 여전히 '그래도' 남자와 여자는 다르다고 생각할지 몰라요. 학자들의 연구 결과는 어땠을지 몰라도 주변에서 성차를 많이 목격하거든요. 여러분도 그런 경험을 해 본 적이 있을 거예요. 이유가 뭘까요?

성차에 대한 연구를 진행한 많은 학자는 여자와 남자의 신체 차이보다는 사회적으로 어떤 기대와 교육을 받느냐에 따라 결과가 크게 달라진다는 데에 의견을 같이합니다. 성별에 따라 사회적으로 기대되는 역할이 다르기 때문에 결국 차이가 만들어진다는 거예요. 여자와 남자의 능력 차이는 선천적이라기보다 후천적인 부분이 더 많지요.

여러분도 어렸을 때부터 "여자니까 예쁘고 착하게 행동해야지." "사내자식이 울면 못써!" "남자답게 해 봐." 이런 말을 종종 들었을 거예요. 부모님들은 딸에게는 주로 분홍색 치마를, 아들에게는 하늘색 바지를 입히고, 딸에게는 인형을, 아들에게는 자동차를 사 주곤 합니다. 학교 선생님들도 은연중에 여학생들에게 좀 더 얌전하기를 기대하곤 해요. 반면 남학생들은 게임에 몰두하거나 주먹다짐을 하더라도 '남자애들은 원래 좀 거칠지.' 하면서 너그럽게 생각하곤 하지요.

특히 아이들이 성장할수록 이러한 기대와 교육은 더욱 강해집니다. 여자와 남자에게 걸맞은 성 역할에 따라 행동하는 것이 자연스럽다는 생각, 나아가 성 역할은 꼭 지켜야 할 사회적 약속이라는 생각 때문이에요. 그래서 아이들은 각자 여성다움과 남성다움에 익숙해지면서 성에 따른 역할 차이, 이른바 '젠더'를 배우게 됩니다.

여러분도 우리 사회에서 자랐기 때문에 자신에게 주어진 젠더, 즉 성 역할을 자연스럽고 편안하게 느낄 수 있어요. 게다가 어디까지가 자신이 타고난 기질이고, 어디서부터가 사회적으로 배운 성향인지 구별하는 것도 쉽지 않아요. 아마 그 두 가지가 섞여서 지금의 우리가 되었겠지요.

하지만 때때로 자신에게 맞지 않은 옷을 입은 것 같은 불편함, 또는 다른 옷을 입고 싶은 답답함을 느낄 거예요. 그런 불편함과 답답함을 억지로 모른 척하지는 마세요. 자기 내면의 소리에 귀를 기울여야 진짜 자기 모습을 찾을 수 있으니까요. 남성성과 여성성이 결코 본질적이거나 타고난 것이 아니라는 사실을 아는 것, 그것이 멋진 남성, 멋진 여성으로서 자기만의 정체성을 만들어 가는 출발점입니다.

김고연주

여성학자, 서울시 젠더 자문관. 지은 책으로 『조금 다른 아이들, 조금 다른 이야기』 『우리 엄마는 왜?』 『나의 첫 젠더 수업』 『길을 묻는 아이들』 『소녀, 설치고 말하고 생각하라』(공저) 『페미니즘 교실』(공저) 등이 있다.

활동 1

○ 글쓴이는 자신이 말하는 바를 독자에게 효과적으로 전달하기 위해 여러 표현 방법을 사용합니다. 같은 내용이라도 표현 방법에 따라 독자의 관심을 끌거나 호기심을 불러일으키고, 의미를 강조할 수 있지요. 글에 쓰인 표현 방법과 효과를 파악해 봅시다.

❶ 문자, 소리, 그림, 사진, 동영상 등 다양한 기호가 함께 어우러진 글을 복합 양식으로 구성된 글이라고 합니다. 다음 자료에 쓰인 표현 방법이 무엇인지 적어 봅시다.

자료	표현 방법
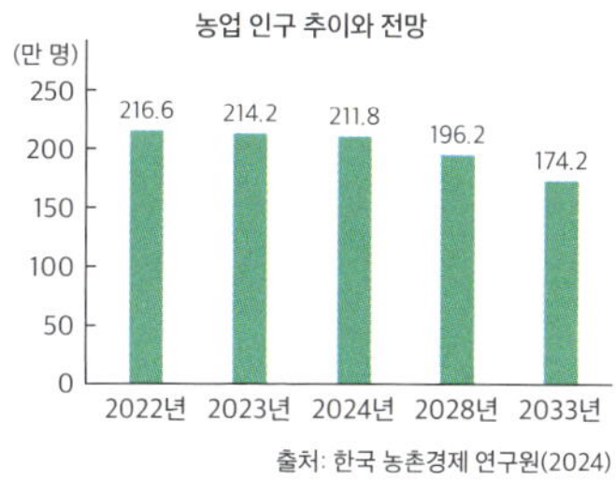	
 못난이 감자라든가 상품 가치가 떨어지는 감자들을 주로 수매해서 화장품 원료로 사용하고 있기 때문에 농가들은 크게 환영하고 있습니다.	

❷ 글에 다양한 기호를 삽입하는 것이 어떤 효과를 주는지 생각해서 써 봅시다.

활동 2

○ 더 좋은 세상을 만들기 위해 우리에게 필요한 것은 무엇일까요? 세상을 바꾸는 움직임은 사회 곳곳에 존재합니다. 작은 움직임이 모여 커다랗게 보이는 세상을 긍정적인 방향으로 변화시킬 수 있지요.

❶ 내가 생각하는 좋은 세상은 어떤 모습인가요?

❷ 책, 기사, 영상 등의 매체에서 작은 변화가 더 좋은 세상을 만든 사례를 찾아 아래 표에 맞게 정리해 봅시다.

매체 유형	자료 제목	내용 요약

❸ 조사한 내용을 바탕으로 '세상을 바꾸는 ○○'을 주제로 글을 써 봅시다.

제목: ( )

4부

궁금해!
우리가
사는 세계

여는 글

우리는 삶이라는 유한한 시간 안에서 한정된 경험만을 할 수 있습니다. 세상의 모든 지식을 얻거나 모든 경험을 해 보는 것은 불가능하지요. 하지만 다행히 우리 곁에는 세상에 관한 다양한 이야기를 담은 글이 있습니다. 글을 통해 평소에는 당연하게 여겼던 것의 원리를 깨닫기도 하고, 잘못 알고 있던 지식을 바로잡을 수도 있을 거예요. 아예 모르고 관심조차 없던 분야에 호기심이 생길 수도 있지요.

4부에는 여러분이 궁금해할 만한 세상의 이야기들을 담았습니다. 4부의 글들은 이렇게 읽어 보세요. 먼저 제목을 보고 이 글이 어떤 내용을 다루고 있을지 예측해 보세요. 여러분의 생각으로 제목에 대한 답변을 해 봐도 좋아요. 글을 읽으면서 공감 가거나 중요한 부분에 표시를 해 보기도 하고, 궁금했던 점에 대한 답이 되는 부분에 밑줄을 긋거나 메모를 해 봐도 좋을 거예요. 글을 다 읽은 후에는 표시해 두었던 곳들을 다시 훑어보면서 글의 내용을 떠올려 보거나 감상을 간단히 적어 보세요. 궁금했던 점에 대한 내용을 더 찾아본다면 더할 나위 없는 멋진 독서 시간이 될 거예요.

야구 선수들은 왜 눈 밑에 검정 테이프를 붙이는 것일까

손영운

야구 경기를 관람한 적이 있나요? 햇빛이 강한 날이면 많은 야구 선수가 눈 밑에 검정 테이프를 붙이고 경기에 나서는 것을 볼 수 있습니다. 야구 선수들은 햇빛이 강한 날 왜 눈 밑에 검정 테이프를 붙이는 것일까요? 관중에게 멋있어 보이기 위해서일까요? 물론 아닙니다. 이에 관한 답을 알기 위해서는 눈부심이 생기는 까닭과 검정 테이프의 비밀을 알아야 합니다. 지금부터 이 두 가지를 중심으로 하여 야구 선수들이 눈 밑에 검정 테이프를 붙이는 까닭을 살펴보겠습니다.

야구 선수는 경기할 때 햇빛과도 싸운다

야구 경기를 할 때 타자*는 상대 투수*가 던지는 빠른 공을 상대해야 하고 수비하는 선수들은 공중에 뜬공을 눈으로 좇아

* **타자** 야구에서, 배트를 가지고 타석에서 공을 치는, 공격하는 편의 선수.
* **투수** 야구에서, 상대편의 타자가 칠 공을 던지는 선수.

난반사 정반사

야 합니다. 그런데 햇빛이 너무 강하여 눈이 부시다면 어떨까요? 타자는 투수가 던지는 공을 바로 맞히지 못할 수 있을 것이고, 수비하는 선수는 공을 제대로 보기 힘들어 공을 놓칠 수 있을 것입니다.

눈부심은 빛의 반사와 깊은 관련이 있습니다. 빛의 반사란 빛이 진행하다가 다른 물질에 부딪쳐서 나아가던 방향을 반대로 바꾸는 현상을 말합니다. 빛의 반사는 표면에서 어떻게 반사하느냐에 따라 크게 난반사와 정반사로 나뉩니다. 표면에서 반사된 빛이 여러 방향으로 흩어지는 것을 난반사, 한 방향으로 반사되는 것을 정반사라고 합니다. 보통의 물체는 표면이 매끄러운 것 같아도 자세히 보면 울퉁불퉁합니다. 이런 물체의 표면에서는 반사된 빛이 여러 방향으로 흩어지기 때문에 눈이 부시지 않습니다. 그러나 거울처럼 표면이 매끄러운 경우에는 빛이 한 방향으로 반사되어 눈을 부시게 합니다.

우리의 피부는 어떨까요? 피부는 매끄러워 보여도 미세한 굴곡이 있어 평소에는 반사된 빛이 여러 방향으로 흩어집니다. 그러나 얼굴에 땀이나 기름기가 솟아나면 피부 표면이 매끄러워져 같은 방향으로 반사되는 빛의 양이 늘어납니다.

야구 선수의 경우 경기를 할 때 얼굴에 땀과 기름기가 솟아납니다. 그러면 피부에서 한 방향으로 반사되는 빛의 양이 늘어나기 때문에 눈부심이 생겨 투수의 공을 상대하거나 뜬공을 바라볼 때 방해를 받게 됩니다. 야구 선수는 햇빛이 강한 날이면 자신의 얼굴에서 반사되어 눈을 쏘는 빛과도 싸워야 하는 것이지요.

검정 테이프가 햇빛을 이긴다

야구 선수가 경기를 할 때 눈에 도달하는 빛의 양이 적어진다면 눈부심이 줄어 좀 더 편하게 운동할 수 있겠죠?

야구 선수들은 눈부심을 줄이기 위해 눈 밑에 검정 테이프를 붙입니다. 검정 테이프에 어떤 비밀이 있기에 검정 테이프가 선수들의 눈부심을 줄일 수 있는 것일까요? 이 질문의 답은 검은색 물체가 가진 특성을 이해하면 알 수 있습니다.

검은색 물체의 특성을 알아보기 전에 우리가 어떻게 색깔을 인지하는지 먼저 살펴보겠습니다. 태양 빛은 적외선, 가시광선, 자외선 등으로 구성되어 있습니다. 그중 가시광선은 흰색으로 보이지만 실제로는 여러 가지 색으로 이루어져 있습니다. 여러 색으로 구성된 태양 빛은 물체에 닿았을 때 일부는 반사되고, 일부는 흡수됩니다.

이와 같은 가시광선의 반사와 흡수가 우리가 보는 물체의 색을 결정합니다. 물체에서 반사되어 우리 눈에 들어오는 빛에 의해 우리가 물체의 색을 인지하는 것이지요. 쉽게 예를 들어 설명해 보겠습니다. 귤이 주황색으로 보이는 것은 여러 색의 빛 가운데 주황색 빛만을 반사하고 나머지 색의 빛은 흡수한다는 것을 말합니다. 빨간 장미, 노란 개나리가 빨간색, 노란색으로 보이는 것은 각각 빨간색 빛과 노란색 빛을 반사하고 나머지 색의 빛은 흡수한다는 것을 말합니다.

그렇다면 검은색 물체는 어떤 색의 빛을 흡수하고 반사할까요? 검은색 물체는 모든 색의 빛을 흡수하기 때문에 어떤 색의 빛도 반사하지 않습니다. 따라서 우리 눈은 아무 색도 인지하지 못하고 물체를 검은색으로 보게 됩니다. 반대로 흰색 물체는 모든 색의 빛을 반사합니다. 모든 색의 빛이 합쳐지면 흰색으로 보입니다. 그래서 모든 색의 빛을 반사하는 물체는 우리 눈에 흰색으로 보이게 됩니다.

이제 검정 테이프의 비밀이 조금 짐작이 될 것입니다. 야구 선수들이 눈 밑에 검정 테이프를 붙이는 까닭은 검은색 물체가 모든 색의 빛을 흡수하는 특성이 있기 때문입니다. 검정 테이프는 햇빛을 흡수합니다. 그러면 눈에 도달하는 빛이 줄어들고, 선수들은 눈부심이 줄어 공을 더 잘 볼 수 있게 되는 것이죠. 이처럼 경기에 방해가 될 수 있는 눈부심을 줄이기 위해 선수들은 검정 테이프를 눈 밑에 붙이는 것입니다.

야구 선수들이 검정 테이프를 붙여 눈부심을 줄이고 경기력을 높이려 한다는 것을 알게 되었을 것입니다. 여러분도 햇빛이 강한 날 야구 경기를 한다면 눈 밑에 검정 테이프를 붙여 보세요. 눈부심이 줄어 평소보다 훨씬 더 잘하게 될 것입니다.

손영운

과학 교사 출신의 과학 교양서 작가. 지은 책으로 『청소년을 위한 서양 과학사』 『손영운의 우리 땅 과학 답사기(1, 2)』 『엉뚱한 생각 속에 과학이 쑥쑥!!』 『초등 과학 백과』 등이 있다.

자외선이 궁금하다

최원석

햇빛이 강렬한 날 자외선 차단제를 바르는 일은 이제 필수이다. 햇빛에 포함된 자외선 때문이다. 자외선은 우리 몸의 뼈 건강에 중요한 비타민 D를 합성하는 데 중요한 구실을 하기도 하지만, 피부에 악영향을 미치기도 한다고 알려져 있다. 자외선이 우리 몸에 해로운 까닭과 자외선을 차단하는 방법은 무엇일까?

태양 빛은 적외선, 가시광선, 자외선으로 구성되어 있다. 이 중에서 가시광선이란 '사람이 볼 수 있는 빛'이라는 뜻이다. 햇빛을 프리즘에 통과시키면 빛이 분산되어 무지개 색상으로 배열되는 모습을 볼 수 있는데, 이 영역이 가시광선에 해당한다. 가시광선 바깥쪽에는 우리 눈에 보이지 않는 적외선과 자외선이 있다. 적외선은 가시광선의 붉은색(적색) 바깥, 자외선은 가시광선의 보라색(자색) 바깥에 있는 빛이라는 뜻이다.

빛은 에너지를 가지고 있다. 자외선은 특히 에너지가 많으므로 생물의 세포를 파괴할 수도 있다. 이와 같은 특징을 이용

해서 개발된 제품이 있는데, 식당에서 흔히 볼 수 있는 자외선 살균 소독기가 그 예이다. 이 소독기는 자외선이 물컵이나 그릇에 남아 있는 나쁜 세균의 DNA를 파괴하여 살균하는 원리를 이용한 것이다. 이 원리는 사람에게도 그대로 적용된다. 사람이 자외선을 오랫동안 쪼이면 피부 세포 속의 DNA가 손상을 입고, 심하면 피부암에 걸리기도 한다.

자외선은 '자외선 A, 자외선 B, 자외선 C'로 나뉜다. 이 중 에너지가 가장 많은 '자외선 C'는 대부분 지구의 오존층*에 흡수된다. 그 결과 주로 '자외선 A'와 '자외선 B'만 지구 표면에 도달하게 된다. 우리가 바르는 자외선 차단제는 바로 이 '자외선 A'와 '자외선 B'를 차단하는 기능을 한다.

대부분의 자외선 차단제에는 'SPF'와 'PA'라는 글자가 표시

* **오존층** 오존을 많이 포함하고 있는 대기층. 지상에서 20~25킬로미터의 상공이며 인체나 생물에 해로운 태양의 자외선을 잘 흡수하는 성질이 있다.

되어 있는데, 이는 제품이 차단하는 자외선의 종류와 관련이 있다. 먼저 'SPF'와 숫자는 '자외선 B'의 차단 정도를 표시한다. 예를 들어 'SPF 50'인 자외선 차단제를 바르면, 아무것도 바르지 않았을 때와 비교해서 자외선 B가 50분의 1만 피부에 흡수되고 나머지 자외선 B는 차단된다는 것이다. 그리고 'PA'는 '자외선 A'의 차단 정도를 표시한다. 'PA+, PA++' 등으로 표시되는데, '+'가 많을수록 자외선 A를 효과적으로 차단한다는 뜻이다.

자외선을 막는 방법에 따라 자외선 차단제의 종류도 두 가지로 나뉜다. 자외선을 반사하는 차단제와 자외선을 흡수하여 열로 바꾸는 차단제이다. 자외선을 반사하는 차단제는 민감한 피부에도 적합하지만, 바르면 피부가 하얗게 들떠 보이는 것이 단점이다. 반면 자외선을 열로 바꾸는 차단제는 피부에 투명하게 발리는 것이 장점이지만, 민감한 피부에는 자극을 일으킬 수 있다.

한편 사람의 피부에도 자외선으로부터 스스로 몸을 보호하는 기능이 있다. 사람의 피부 가장 바깥쪽에 있는 표피는 우리 몸을 세균 등 해로운 물질과 자외선으로부터 보호해 준다. 하지만 표피만으로 자외선을 막는 데는 한계가 있다. 그래서 햇빛이 강한 날 외출할 때는 자외선 차단제를 바르고 양산 또는 모자를 쓰거나 긴 옷을 입는 것이 좋다.

이상으로 자외선의 특징과 자외선을 차단하는 방법을 알아보았다. 뜨거운 여름 햇살 속 자외선을 차단하여 건강한 피부를 만들어 보자.

최원석

과학 교사, 과학 교양서 작가. 지은 책으로 『광고 속에 숨어 있는 과학』『과학은 놀이다』『이게 무슨 소리?! 음악과 소음』『농담하냐고요? 과학입니다』『세상을 바꾼 사물의 과학』『십 대를 위한 영화 속 과학인문학 여행』 등이 있다.

국수가 잔치 음식이 된 까닭

윤덕노

분식집이나 시장에서 저렴한 가격에 먹을 수 있는 음식 가운데 하나가 잔치국수이다. 잔치국수는 이름 그대로 잔칫날 먹던 국수이다. 그것도 예전에는 부모님의 장수를 축하하는 환갑잔치나 결혼 잔치 혹은 아이 돌잔치 때 준비하던 특별한 음식이다.

잔치국수는 역사가 깊은 음식이다. 최초의 잔치국수라고 부를 수 있는 음식은 6세기 때 처음 문헌에 보인다. 중국 북제(550~577)의 황제 고양은 아들을 낳은 것을 기념해 잔치를 열고 손님을 초대했다. 북조(386~581) 시대의 역사를 기록한 『북사』에서는 이 잔치의 이름을 탕병연(湯餠宴)이라고 기록했다. 탕병은 밀가루로 만든 음식이라는 뜻으로 국수의 원형*이 되는 음식이다. 다만 지금처럼 면발이 기다란 국수가 아니라 짧게 끊어진 칼국수나 수제비에 가까웠을 것이다. 당시에는 지금처럼

* **원형** 같거나 비슷한 여러 개가 만들어져 나온 본바탕.

국수 면발을 길게 뽑지 못했기 때문이다.

이후에도 황제가 고관대작*의 생일잔치 때 탕병, 즉 국수를 먹었다는 기록이 자주 보인다. 당나라(618~907) 역사를 기록한 『신당서』와 『자치통감』에도 현종이 생일날 국수를 먹었다는 기록이 실려 있다. 이처럼 국수는 오래전부터 상류층을 중심으로 유행해 온 음식이다.

그런데 그 시절 사람들이 잔칫날 특별히 국수를 먹은 까닭은 무엇일까? 우리가 아는 것처럼 국수를 먹으면 오래 살 수 있다고 믿었기 때문이다. 당나라 현종의 생일잔치에 국수를 먹은 것에도 황제의 만수무강*을 기원하는 의미가 담겨 있다. 사람들이 국수를 장수를 비는 음식으로 여기게 된 것은 당나라 때부터인데, 여기에도 까닭과 유래가 있다. 남송(1127~1279) 때의 학자 주익은 『의각료잡기』라는 책에 당나라 사람들은 생일에 다양한 국수를 먹는데 세상에서는 이를 보고 장수를 소원하는 음식이라서 장수면(長壽麵)이라고 부른다고 했다. 이보다 앞선 북송(960~1127) 때의 사람 마영경도 『나진자』라는 책에서 "젓가락을 들어 국수를 먹으며 하늘의 기린*만큼 오래 살기를 기원하노라."라고 읊었다. 당나라 때부터 사람들이 국수

* **고관대작** 지위가 높고 훌륭한 벼슬. 또는 그런 위치에 있는 사람.
* **만수무강** 아무런 탈 없이 아주 오래 삶.
* **기린** 성인이 이 세상에 나올 징조로 나타난다고 하는 상상 속의 짐승. 몸은 사슴 같고 꼬리는 소 같고 발굽과 갈기는 말과 같으며 빛깔은 오색이라고 한다.

를 먹으며 오래 살기를 기원했다는 증거이다.

그렇다면 국수에다 오래 살게 해 달라고 소원을 담아서 먹게 된 까닭은 무엇일까. 그 해답은 국수의 면발에 있다. 다만 흔히 생각하는 것처럼 기다란 국수 면발같이 오래 살게 해 달라는 미신적인 소망이 아닌 다른 까닭 때문이다.

국수의 면발이 길어진 것은 당나라 무렵이다. 실크 로드*가 번창하며 서역*으로부터 수차*를 이용한 제분* 기술이 도입되어 밀을 곱게 빻을 수 있게 되면서 밀가루 반죽으로 기다란 국수를 뽑을 수 있게 된 것이다. 그러니 평소 수수나 기장처럼 거친 음식을 먹고 살던 사람들이 고운 밀가루로 만든 국수를 먹으면서, 이제는 이런 좋은 음식을 먹게 되니 당연히 오래 살 수 있겠다는 믿음을 갖게 된 것이다. 그래서 중국 사람들은 지금도 생일날 장수를 기원하며 국수를 먹는다. 이른바 생일에 먹는 장수면이다.

그렇다면 우리는 왜 생일날이 아닌 잔칫날 국수를 먹었을까? 그 까닭 가운데 하나는 미역국이라는 우리 고유의 생일 음식이 있었기 때문이고, 또 다른 까닭은 밀가루가 귀했기 때문이다. 조선 시대만 해도 밀가루는 진짜 가루라는 뜻의 진가루

* **실크 로드** 내륙 아시아를 횡단하여 중국과 서아시아 · 지중해 연안 지방을 연결하였던 고대의 무역로.
* **서역** 중국의 서쪽에 있던 여러 나라를 통틀어 이르는 말.
* **수차** 떨어지는 물의 힘으로 바퀴를 돌려 곡식을 찧거나 빻는 기구.
* **제분** 곡식이나 약재 등을 빻아서 가루로 만듦. 특히 밀을 밀가루로 만드는 일을 가리킨다.

라고 부를 만큼 귀한 재료였다. 국수는 밀가루가 귀하던 시절에는 그 어떤 음식보다 귀하고 훌륭한 음식이었기에, 회갑이나 돌잔치 같은 특별한 잔칫날 국수를 먹으며 장수의 소망을 빌고, 축하객으로 온 손님을 접대하는 음식으로 내놓은 것이다. 지금은 저렴한 가격에 먹을 수 있는 음식 가운데 하나인 잔치국수지만 예전에는 정말 귀하신 몸이었다.

윤덕노

음식문화 평론가. 지은 책으로 『음식으로 읽는 한국 생활사』 『음식이 상식이다』 『음식으로 읽는 중국사』 『종횡무진 밥상견문록』 등이 있다.

도서관에서 공부하면 집중이 잘되는 까닭

조영은

대학 도서관은 언제나 시험 대비와 취직 준비에 열중인 학생들로 넘쳐 난다. 사람들은 왜 공부를 하려고 도서관을 찾는 것일까? 단지 조용한 장소가 필요하다면 방문을 꼭 닫은 채 귀마개를 하고 혼자 공부해도 될 텐데 말이다. 도서관 자리를 맡겠다고 아침 일찍부터 줄을 선 젊은이들을 보면, 저리도 치열한 자리 쟁탈전에는 분명 까닭이 있지 않을까 싶다.

심리학 이론을 몰라도 사람들은 직감적으로 알고 있는 것이다. 혼자 방 안에서 문을 꼭 닫고 공부하는 것보다는 다른 사람들 사이에서 공부할 때 더 효율이 오른다는 사실을 말이다. 아무도 없는 곳에서 혼자 공부하려 했다가 낭패를 본 경험은 누구나 한 번쯤 있을 것이다.

"진짜 공부 열심히 할 거야!" 하며 굳게 결심하고 책상에 앉았는데 어느새 컴퓨터를 켜 웹툰에 빠져 있거나 침대에서 뒹굴뒹굴하다 잠이 들어 버린 경험 말이다. 반면에 사람들은 도서관에 있는 다른 이들이 뿜어내는 공부의 열기 속에서 공부할 때 능률이 더 오르는 현상을 경험한다.

이와 비슷한 현상은 헬스장에서도 발견할 수 있다. 집에 최신형 러닝머신을 사 두고도 굳이 헬스장을 찾아 운동하는 사람들이 있다. 집에서 혼자 운동하려 하면 작심삼일로 끝난다면서 말이다. 타인의 시선을 일부러 찾아 나서는 사람들의 심리는 무엇 때문일까? 그것은 바로 타인의 존재가 수행*을 촉진한다는* 사실을 경험을 통해 알고 있기 때문이다. 타인이 곁에 있으면 혼자 할 때보다 능률이 오르는 현상, 다른 사람이 곁에 있어서 수행이 촉진되는 현상을 '사회적 촉진' 현상이라고 부른다.

1898년에 스포츠 심리학자인 노먼 트리플렛은 사이클 선수들의 수행과 관련된 연구를 하다가 사회적 촉진 현상을 처음 밝혀냈다. 그는 사이클 선수들이 혼자 훈련할 때보다 여럿이 모여 훈련할 때 훨씬 더 기록이 좋아진다는 사실을 발견하고는 경쟁 관계인 타인의 존재가 수행을 촉진하는 현상에 주목했다. 이후 사회 심리학자 플로이드 올포트는 수행을 함께 하는 경쟁 관계가 아니더라도 다른 이들의 존재에서 비롯되는 시각적·청각적인 자극 때문에 능률이 향상될 수 있음에 주목한다.

* **수행** 실제로 행동에 옮기는 것.
* **촉진하다** 재촉하여 더 잘 진행되도록 하다.

1965년 로버트 자이온츠는 사회적 촉진 이론을 좀 더 발전시킨다. 그는 타인의 존재가 단지 수행을 촉진하는 것만은 아니라는 사실을 밝히고, 그 까닭을 설명한다. 타인의 존재는 긴장도를 높이는 원인이 되고, 이러한 긴장은 결국 익숙하거나 잘하는 과제를 더 잘하게끔 하는 동력이 된다는 것이다. 따라서 익숙한 과제를 할 때 타인이 곁에 있으면 적당히 긴장하므로 더 잘하게 된다는 결론에 도달한다. 이것이 지금까지 여러 학자에 의해 밝혀진 사회적 촉진 현상이다.

반면 타인의 존재와 긴장도를 연관 지어 생각해 본다면 익숙하지 않은 과제를 할 때에는 오히려 능률이 떨어지리라 예상할 수 있다. 예를 들어 어설프게 연습한 피아노곡을 다른 사람들 앞에서 연주하면 긴장해서 안 하던 실수까지 하게 되는 것처럼 말이다. 이와 같은 현상은 사회적 촉진 현상과 대비되는 '사회적 억제' 현상이라고 한다. 즉, 사회적 억제는 능숙하지 않아서 도전이 필요하거나 복잡한 과제를 할 때 타인의 존재가 능률을 떨어뜨리는 현상을 의미한다.

사회적 촉진과 사회적 억제를 알고 있다면 일상생활에 적용해서 유용하게 활용할 수 있다. 비교적 쉬운 취미 생활이나 큰 노력을 들일 필요가 없는 과제는 집에서 혼자 하는 것보다는 커피숍이나 도서관에서 하는 것이 더 효율적일 수 있다. 평소 친숙하고 좋아하는 과목이라면 공부 모임을 만들어서 다른 사람들과 함께 공부하는 것도 좋은 방법이다. 반면 지나치게 어렵거나 도전이 필요한 과제는 충분히 연습하며 익숙해질 때까지 차분하게 혼자 집중하는 시간을 가지는 것이 좋다.

조영은

임상심리 전문가, 이해와공감 심리상담센터 대표원장. 지은 책으로 『처음 시작하는 심리학』 『왜 나는 늘 허전한 걸까』 『마음의 무늬를 어루만지다』 등이 있다.

우리는 왜 첫사랑 이야기를 좋아할까

태지원

황순원의 「소나기」는 한 번쯤 들어 본 적이 있지? 이 작품은 소년과 소녀의 순수한 사랑을 그린 소설이야. 1953년에 처음 발표된 후로 드라마, 영화, 뮤지컬 등으로 각색되기도 했고, 교과서에도 여러 차례 수록되었어. 이 소설이 이렇게 오랫동안 사람들에게 사랑받는 까닭은 무엇일까? 바로 「소나기」에 이제 막 첫사랑에 눈을 뜬 소년과 소녀가 느끼는 두근거림, 그 순수한 감정이 생생하게 담겨 있기 때문일 거야.

사람들은 왜 수많은 사랑 가운데 첫사랑을 유독 특별하게 생각하고, 첫사랑 이야기에 열광할까? 물론 '처음 겪는 사랑이라 특별해서.'라고 간단히 답할 수도 있어. 하지만 이렇게 누구나 말할 수 있는 뻔한 답 대신, 다른 방법으로 답하려고 해. 이제부터 첫사랑이 유난히 특별하게 느껴지는 까닭을 경제 원리로 설명할게.

무한 리필 식당의 비밀로 보는 한계 효용 체감의 법칙

먼저 한계 효용의 의미를 알아보자. 경제학에서 쓰는 '한계'와 '효용'은 사전과는 조금 다른 뜻이 있어. 경제학에서 '한계'란 일정 범위에서 이루어지는 아주 작은 변화를 뜻해. 그리고 '효용'은 쉽게 말해 재화나 서비스를 사용하면서 느끼는 주관적인 만족감을 뜻하지. 우리가 음식을 먹거나 옷을 입으면서 느끼는 만족감을 효용이라고 하는 거야. 이 두 단어를 합친 '한계 효용'은 어떤 재화*를 아주 조금씩 추가로 소비하면서 느끼는 만족감을 의미해.

한계 효용의 개념이 잘 이해되지 않는다고? 그렇다면 예를 들어서 쉽게 설명해 줄게. 일정한 금액의 돈을 내면 돼지고기나 게장 등 한 종류의 음식을 마음껏 먹을 수 있는 무한 리필 식당에 가 본 적이 있니? 이러한 식당에서는 한 접시를 다 먹고 나면 추가로 접시에 음식을 담아서 먹을 수 있어. 무한 리필 식당에 가서 음식을 먹는다고 가정해 보자. 이때 2시간 동안 음식을 먹으면서 느끼는 만족감 전체를 '총효용', 또는 '전체 효용'이라고 해. 그리고 2시간 동안 음식을 한 접시씩 추가로 먹을 때마다 느끼는 순간적인 만족감이 바로 한계 효용이란다.

대부분의 사람은 무한 리필 식당에 갈 때 지불하는 돈이 아

* 재화 인간이 바라는 바를 충족시켜 주는 모든 물건.

깝지 않을 만큼 최대한 많은 양의 음식을 먹겠다고 다짐해. 그리고 최선을 다해서 음식을 먹으려고 하지. 여기서 한 가지 궁금한 점이 생길 수 있어. 사람들에게 무제한으로 음식을 제공하면 음식의 재룟값도 많이 들 텐데, 식당을 운영하는 입장에서는 손해를 보는 것이 아닐까? 무한 리필 식당은 어떻게 계속 운영될 수 있을까?

무한 리필 식당에서 음식을 먹는 사람들의 모습에서 공통점을 찾으면 그 비밀을 알 수 있어. 사람들은 첫 번째 접시에는 음식을 가득 담아 먹지만, 두 번째, 세 번째 접시로 갈수록 접시에 담는 음식의 양이 점점 줄어들어. 사람마다 차이가 있겠지만, 대부분의 사람은 처음 식당에 들어서며 다짐했던 것만큼 많은 양의 음식을 먹지 못하지. 바로 이러한 현상을 경제학에서는 '한계 효용 체감의 법칙'이라는 원리로 설명한단다.

A라는 사람이 배가 고픈 상태로 무한 리필 식당에 가서 음식을 먹으며 느낀 한계 효용과 총효용의 변화를 숫자로 나타내 봤어.

표를 살펴보면 A는 총 다섯 접시의 음식을 먹었고, 접시가

음식의 양	첫 번째 접시	두 번째 접시	세 번째 접시	네 번째 접시	다섯 번째 접시
한계 효용	100	70	40	10	-10
총효용	100	170	210	220	210

추가될 때마다 A가 느낀 한계 효용도 달라져. 첫 번째 접시의 음식을 먹었을 때 A가 느낀 한계 효용을 100이라고 해 보자. 배가 고픈 상태에서 처음 먹은 음식이라 유독 맛있게 느꼈을 거야. 두 번째 접시의 음식도 맛이 있었지만, 첫 번째 접시의 음식을 먹을 때만큼의 만족감을 느끼지는 못했어. 이후 음식을 먹을 때마다 느끼는 순간적인 만족감은 조금씩 줄어들다가, 네 번째 접시의 음식을 먹을 때에는 포만감을 느낀 것이지. 그 후 다섯 번째 접시의 음식을 먹었을 때에는 포만감을 넘어 불쾌감을 느꼈고, 한계 효용은 -10으로 떨어졌어. 즉, 다섯 번째 접시의 음식을 먹는 순간, 지금까지 느꼈던 전체적인 만족감까지 줄어드는 결과가 초래된 거야.

이처럼 음식을 먹거나 새로운 물건을 사서 쓸 때 우리가 추가 소비를 하면서 느끼는 한계 효용은 점점 줄어드는데, 이를 한계 효용 체감의 법칙이라고 불러. 한계 효용 체감의 법칙이 적용되기 때문에 사람들은 무한 리필 식당에 가도 음식을 말 그대로 '무한'으로 먹을 수는 없어. 음식을 먹을 때 느끼는 한계 효용이 점차 줄어들면서 추가 소비도 함께 줄어들고, 결국 언젠가는 소비를 멈추게 되니 말이야. 그래서 무한 리필 식당이 계속 운영될 수 있는 거야.

첫사랑에도 한계 효용 체감의 법칙이 적용될까

다시 「소나기」로 돌아가서, 소년과 소녀의 풋풋한 첫사랑을 다룬 이 소설에 왜 이토록 오랫동안 사람들이 열광하는지 생각해 보자. 사랑이라는 감정에도 한계 효용 체감의 법칙이 적용되는 걸까? 물론 사랑은 음식이나 물건을 소비하는 것처럼 단순한 논리로 설명하기 어려운 인간의 복잡한 감정이야. 하지만 누군가를 사랑할 때 느끼는 설렘이나 두근거림 같은 감정의 강렬함을 어떠한 재화를 소비할 때 느끼는 만족감에 대입하면, 여기에도 한계 효용 체감의 법칙이 적용된다고 볼 수 있어.

우리는 살아가면서 처음으로 누군가를 좋아할 때, 그 감정이 매우 강렬하다고 느낄 거야. 그 후에 비슷한 경험을 다시 하게 된다면 여전히 설렘과 두근거림은 있겠지만, 이미 경험한 감정이므로 처음만큼 강렬하다는 느낌이 들지 않을 수도 있어. 즉, 우리의 감정도 한계 효용 체감의 법칙에 따라 점차 느낌의 정도가 줄어들 수 있단다.

이는 사랑뿐만 아니라 첫 여행의 즐거움, 처음으로 두발자전거 타기에 성공했을 때의 뿌듯함, 중학교 입학 첫날의 긴장감 등에도 똑같이 적용될 수 있어. 어떤 경험이든지 처음 겪을 때의 감정이 가장 강렬하게 느껴지기 마련이거든. 하지만 여기서 한 가지, 착각하지 말아야 할 것이 있어. 처음보다 강렬함이 줄어들었다고 해서 그 뒤에 느끼는 감정이 소중하지 않은 건 아니야. 다만 많은 사람들이 유독 첫사랑을 특별한 감정으로 기억하는 것뿐이지. 가장 강렬하다고 느꼈던 감정은 오랫동안 기억에 남거든. 그래서 우리는 그 감정을 추억하면서 첫사랑을 소재로 한 노래나 영화, 그리고 「소나기」와 같은 소설을 찾게 되는 것이란다.

태지원

사회 교사, 청소년 인문 교양서 작가. 지은 책으로 『그림이 보이고 경제가 읽히는 순간』 『토론하는 십대를 위한 경제+문학 융합 콘서트』 『이 장면, 나만 불편한가요?』 『자본주의를 부탁해!』 『10대를 위한 기발한 경제 수업』 등이 있다.

추상화는 낙서가 아니야

김영숙

'추상화'라는 말의 뜻은 무엇일까? "대충 그린 거요." "낙서한 거요." 또는 "그림 못 그리는 사람이 그릴 게 없으니까 괜히 도화지 망쳐 놓고는 거짓말하는 거요!" 이런 대답은 "땡!"

먼저 미술에서의 추상이라는 말을 이해하기 위해 세상에 존재하는 수많은 것들의 모양을 생각해 보자. 집, 나무, 사람, 꽃병 등 모든 것은 제 나름의 모양을 가지고 있다. 이제 그 각기 다른 모양을 최대한으로 단순화해 보자. 조금씩 서로 다른 것들을 없애고 압축하면 집은 세모와 네모 모양으로 남고, 나무는 원기둥에서 동그라미와 긴 네모 모양으로 남으며, 사람도 동그라미와 네모, 꽃병은 동그라미 또는 네모, 세모 모양으로 남는다.

다음으로는 색깔들을 생각해 보자. 보라색은 빨강과 파랑을 섞으면 된다. 마찬가지로 초록은 파랑과 노랑을 섞은 것이다. 하지만 빨강, 노랑, 파랑은 다른 색을 섞지 않은 원색이다. 결국 색들을 단순화하면 빨강, 노랑, 파랑이 남는 셈이다. 추

칸딘스키 「노랑, 빨강, 파랑」(1929)

상화에서 세모, 네모, 동그라미 등의 기하학*적 모양과 원색이 많이 보이는 것은 바로 이런 이유 때문이다. 이렇게 가장 본질이 되는 것만 남기고 다른 것들을 생략하는 식으로 그리면 추상화가 될 수 있다.

물론 화가마다 덜 빼고, 덜 줄이고, 어떤 것은 남기고, 어떤 것은 제거하다 보면 각자 다양한 그림이 나오게 마련이다. 추상주의 화가 몬드리안(Pieter Cornelis Mondriaan)이 그린 그림을 보면 추상화가 어떻게 그려졌는지를 잘 알 수 있다. 몬드리안은 나무를 그리면서 그 모양의 본질만 남기고, 나머지는 단

* **기하학** 도형 및 공간의 성질에 대하여 연구하는 수학의 한 분야.

몬드리안 「붉은 나무」(1908~1910)

몬드리안 「회색 나무」(1911)

몬드리안 「꽃 피는 사과나무」(1912)

몬드리안 「구성 10번」(1915)

순화하고 생략하는 방식으로 추상화를 그렸다. 위의 그림들은 실제 대상을 그린 그림이 추상화로 변하는 과정을 보여 준다.

칸딘스키(Wassily Kandinsky)라는 추상주의 화가가 등장하기 전까지 서양화가들은 어떤 대상을 그릴 때 실물과 비슷하게 보일 수 있는 방법을 연구하는 데 골머리를 앓아 왔다. 그런 그림 속에는 사람이나 물건 혹은 자연이 그대로 담겨 있었다. 또 보는 사람 역시 화가가 무엇을 그렸는지, 또 그것이 실제와 얼마나 닮았는지를 관심 있게 보곤 했다.

하지만 칸딘스키가 등장하면서부터는 그림 속에 더 이상 우리가 흔히 알고 있는 대상을 굳이 담으려고 하지 않았다. 이와 관련하여 재미있는 일화가 있다. 어느 날 외출에서 돌아온 칸딘스키는 우연히 자신의 화실에서 너무나 아름다운 그림 한 점을 발견했다. '세상에 저것이 무엇이지? 무엇을 그린 거지? 저것이 무엇인지도 모르겠는데, 어떻게 저리 아름다울 수 있지? 그런데 왜 난 저 그림을 기억조차 하지 못하는 걸까?'라는 생각을 하며 천천히 그림 앞으로 다가섰다. 그런데 알고 보니 그 아름다운 그림은 바로 자신이 그린 그림을 거꾸로 세워 둔 것이었다. 어떻게 보면 엉뚱하기까지 한 이 상황이 바로 추상화의 시작이었다.

칸딘스키는 그림이 반드시 어떤 대상을 묘사해야만 하는 것은 아니라고 생각하기 시작했다. 그러고 보면 음악이 그렇지 않은가? 베토벤의 피아노 협주곡 「황제」 속에 황제는 없고 멜로디와 리듬만 있듯이, 그림도 오직 선과 색으로만 존재할 수 있는 게 아닐까? 따지고 보면 그림 속에 그려진 모든 것이 다 가짜이지 않은가? 아무리 진짜처럼 보여도 그림 속으로 걸어 들어갈 수 없고, 손으로 만져 봐도 딱딱한 화면 속 세상에는 닿을 수 없다. 그림 속에 아무리 현실을 그대로 옮겨 놓으려고 해도, 현실을 진짜로 옮겨 놓을 수는 없었다. 어찌 보면 그림은 단지 물감과 종이에 불과할 뿐이다.

우리가 보기에 그냥 종이에 물감만 발라 놓은 듯한 추상화는 바로 이런 생각에서 탄생했다. 처음에는 그림 속 대상이 무

칸딘스키 「구성 VI」(1913)

엇인지 그나마 알아볼 수 있었지만, 시간이 지날수록 그는 그림 속에 더 이상 대상의 모습을 그려 넣지 않았다. 그냥 동그라미, 세모, 네모 등의 기하학 도형을 반복하거나 나중에는 어떤 모양이든 신경도 쓰지 않는다는 듯 붉고 푸르고 노란 색들의 잔치로 바꿔 버리기도 했다. 덕분에 우리는 그림을 보며, "아, 나폴레옹이 위대했군요." "모나리자는 정말 아름답네요." "저 푸른 들판을 마음껏 달려 보고 싶군요."라고 말하는 대신 "노랑 때문에 이 초록이 다른 느낌으로 다가와요." "저 색은 휘갈겨 놓은 듯한 선과 참 근사하게 잘 어울리네요." "저 붉은색은 마치 우리의 뜨거운 마음을 대신하는 것 같아요."라고 말하게 되었다. 선과 색, 그리고 색이 만들어 낸 모양과 느낌만을 이야기하게 된 것이다.

결국 칸딘스키의 추상화도 가장 본질이 되는 것만 남긴다는 점에서 몬드리안과 다르지 않았다. 다시 말하면, 그림은 '선과 색'이 가장 본질이 되며, 그 본질이 되는 '선과 색'만으로 보는 사람과 그리는 사람의 마음을 움직이고자 한 것이다.

이래도 추상화 앞에서 "칫, 나도 그리겠다."라는 말을 쉽게 할 수 있을까? 지금이야 이런 그림을 워낙 많이 보고 제법 흉내도 낼 수 있지만, 처음 그렇게 생각하고 그리기까지는 많은 노력과 생각이 필요했을 것이다. 이와 같이 추상화는 결코 대충 손장난하다 망친 그림이 아니다. 오히려 다른 사람들보다 더 깊이 생각하고, 더 많이 연구해서 만들어 낸 결과물이다.

김영숙

미술 교양서 작가. 지은 책으로 『1페이지 미술 365』 『루브르와 오르세 명화 산책』 『미술관에서 읽는 세계사』 『현대 미술가들의 발칙한 저항』 『미술관에 가고 싶어지는 미술책』 『반 고흐, 인생의 그림들』 등이 있다.

개와 고양이의 물 마시는 법

송현수

개와 고양이가 물을 마시는 모습을 자세히 본 사람은 많지 않을 것이다. 하지만 개와 고양이가 물을 마시는 모습을 그냥 지나치지 않은 사람들이 있었다.

2010년 세계적인 과학 학술지 표지에 고양이가 등장했다. 고양이의 이름은 '쿠타쿠타'. 미국 ○○대학교의 토목환경공학부 교수인 로만 스토커와 함께 사는 고양이이다. 스토커 교수는 쿠타쿠타가 혀를 내밀어 우유를 마시는 모습을 보다가 문득 그 원리가 궁금해져 다양한 분야의 전문가들과 함께 연구를 시작했다. 그리고 그 연구 결과를 담은 논문은 유명 학술지에 실려 많은 사람의 주목을 받았다. 이 학술지의 표지에 등장한 쿠타쿠타는 과학계의 스타가 되었다.

연구진은 초고속 카메라로 고양이가 우유를 마시는 모습을 촬영하였다. 촬영한 영상을 천 분의 일 초 단위로 분석한 연구진은 고양이가 '접착 기법'을 이용하여 우유를 마신다고 설명하였다. 물을 마실 때에도 고양이는 당연히 같은 기법을 이용한다. 고양이가 물을 마시는 구체적인 방법은 다음과 같다.

우선, 고양이는 혀를 펴 쭉 내밀어 혀끝 부분만 물에 살짝 댄 뒤 혀를 끌어 올린다. 이때 혀끝에 달라붙은 물이 관성* 때문에 끌려 올라오며 순간적으로 아주 가늘고 긴 물기둥이 형성된다. 이 물기둥은 중력 때문에 순식간에 무너지기에 고양이는 물기둥이 무너지기 전에 재빨리 입을 닫아 물을 마신다. 그런데 입을 너무 빨리 닫으면 물기둥이 충분히 올라오지 않아 소량의 물만 마시게 된다. 고양이는 중력과 관성이 완벽한 균형을 이루는 때를 본능적으로 아는 듯, 적절한 때에 입을 닫아 한 번에 최대한 많은 물을 마신다.

연구진이 분석한 결과에 따르면 고양이가 물을 마실 때 혀를 움직이는 최고 속도는 초당 78센티미터로 매우 빠르고, 고양이는 이렇게 빨리 혀를 움직여 1초에 약 4번 물을 마신다. 연구진은 고양이 실험에 만족하지 않고 사자, 표범, 재규어 같은 고양잇과의 다른 동물들이 물을 마시는 모습도 관찰하였다. 그 결과, 속도에 차이가 있을 뿐 물 마시는 방법은 모두 고양이와 동일하다는 사실을 알아냈다.

그렇다면 개는 어떨까? 스토커 교수의 연구가 발표된 다음 해인 2011년, 이번에는 미국의 ××대학교 생물학과 연구진이 초고속 카메라와 엑스레이를 이용하여 개가 물을 마실 때 혀

* **관성** 물체가 다른 힘을 받지 않는 한 그 상태로 머물러 있거나 계속 움직이려는 성질.

를 어떻게 움직이는지를 분석한 논문을 발표하였다.

그 논문에 따르면 개는 고양이와 달리 혀를 물속 깊이 넣은 다음 혀를 말아 물을 퍼 올린다. 이때 퍼 올린 물의 대부분은 쏟아져 내리지만 혀의 아래쪽에 달라붙은 물은 관성 때문에 끌려 올라오며 물기둥이 형성된다. 개는 이 물기둥이 중력 때문에 무너지기 전에 재빨리 입을 닫아 물을 마신다. 즉, 혀가 움직이는 모양에 약간의 차이는 있지만 개 역시 고양이와 마찬가지로 '접착 기법'을 이용해 물을 마시는 것이다.

그렇다면 개와 고양이가 물을 마시는 원리가 비슷한데도 개가 물을 마실 때에 물이 더 많이 튀는 이유는 무엇일까? 다른 연구에서 개는 물에 닿는 혀의 면적이 넓고, 혀를 물속 깊숙이 넣은 다음 빠른 속도로 빼내기 때문에 혀끝을 조심스레 물에 대는 고양이에 비해 상대적으로 물이 많이 튈 수밖에 없다는 것이 밝혀졌다.

지금까지 개와 고양이가 물을 마시는 방법을 알아보았다. 조금의 차이는 있었지만 이들은 모두 '접착 기법'을 이용하여 물을 마신다는 사실을 알 수 있었다. 물 마시는 사소한 행동에도 과학적 원리가 숨어 있다는 사실이 놀랍다. 앞으로 동물들의 사소한 행동 하나하나에 관심을 기울여 보는 것은 어떨까?

송현수

과학자, 과학 전문 작가. 지은 책으로 『커피 얼룩의 비밀』 『흐르는 것들의 역사』 『개와 고양이의 물 마시는 법』 등이 있다.

대한민국에서 사과가 사라진다?*

노유정

요즘 모든 상품의 가격이 너무 올라 선뜻 구매하기가 겁난다는 사람들이 많습니다. ‘금사과’ ‘금징어’라는 표현에서 알 수 있듯 고물가 현상의 중심에는 농수산물 가격의 폭등이 있습니다.

이상 기후*의 습격…… 과일 ‘직격탄’

이 중 가격이 가장 가파르게 상승한 것은 바로 과일입니다. 작년에 과일 생산량이 크게 줄었기 때문입니다. 우리나라 전통 ‘6대 과일’인 사과, 배, 감귤, 복숭아, 포도, 단감 중에서 생산량이 증가한 과일은 따뜻한 지역에서 자라는 귤 하나뿐이었습니다.

* 이 글은 노유정의 「제주도처럼 바뀌는 서울 날씨… 대한민국에서 과일 사라진다」(『한국경제』 2024. 3. 24)를 교과서에 실으면서 집필진이 제목을 고치고 내용을 다듬은 것이다.
* **이상 기후** 기온이나 강수량 등이 지난 몇십 년간의 평균치와 비교하여 정상적인 상태에서 벗어나거나 예상치 못한 변화를 보이는 현상.

과일 생산량이 크게 줄어든 원인은 바로 이상 기후입니다. 지구 온난화의 영향으로 봄철 기온이 비정상적으로 높아지면서 개화* 시기가 해마다 빨라지고 있습니다. 올해도 예전보다 일찍 핀 꽃이 꽃샘추위로 냉해*를 입어 제대로 살아남지 못했습니다. 간신히 맺힌 열매들도 여름철 집중 호우와 태풍, 폭염 등의 현상으로 빨리 떨어지거나 말라 버려 수확이 좋지 않았습니다.

2010년경까지만 해도 사과는 우리나라 전역에서 재배가 가능했습니다. 하지만 농촌진흥청의 연구에 따르면 2070년경에는 강원도 일부 지역에서만 사과를 재배할 수 있을 것으로 예상됩니다. 사과는 서늘한 기온에서 자라는 작물로, 더워지면 재배가 힘들어지기 때문입니다. 우리나라의 기후가 아열대성 기후*로 바뀔 것으로 예상되는 2090년경에는 우리나라 전역에서 사과 재배가 어려워질 것으로 보입니다.

이상 기후에 어류와 가축도 타격

이뿐만이 아닙니다. 이상 기후 현상이 계속되면서 오징어, 참조기와 같은 우리나라 대표 수산물의 어획량도 크게 줄어들고 있습니다. 기후 변화로 바닷물의 온도가 높아지면서 어군*

* 개화 꽃이 핌.
* 냉해 이상 저온이나 햇볕 양의 부족으로 농작물이 자라는 도중에 입는 피해.
* 아열대성 기후 열대와 온대 사이의 기후.

이 형성되는 지역과 시기가 변하고 있기 때문입니다.

여름철의 이상 폭염과 가뭄으로 가축이 죽는 경우도 크게 늘고 있습니다. 지난해 여름, 폭염으로 폐사한* 돼지와 닭 등의 가축 수가 92만 마리에 달합니다.

줄어드는 농어업 인구

농어업 인구가 꾸준히 줄어드는 것도 이상 기후 현상과 관련이 깊습니다. 기후 변화로 자연재해가 증가하고 생산의 불안정성이 커짐에 따라 농어업 가구의 생계가 위협받고 있기 때문입니다. 기후 변화로 인해 기존의 방식으로는 안정적인 생산이 어려워지고 있습니다. 따라서 이에 적응하고 대응하기

출처: 한국 농촌경제 연구원(2024)

* 어군 물고기의 떼.
* 폐사하다 가축 따위가 쓰러져 죽다.

위한 새로운 기술과 혁신적이 방법이 필요한데, 고령화된 농어촌 사회에서는 쉽지 않은 일입니다. 한국농촌경제연구원에 따르면, 농업 인구는 2023년 214만 명에서 2033년에는 174만 명으로 10년 사이에 40만 명이 감소할 것으로 예측되며, 어업 인구도 꾸준히 줄고 있습니다. 농어업 인구가 계속 줄어들면 생산량은 더욱 감소할 수밖에 없습니다.

해결책은 어디에?

농수산업계에서는 오래전부터 농수산물의 생산량 감소 문제를 경고해 왔지만 별다른 해결책을 찾지 못하고 있습니다. 이 문제의 근본 원인은 이상 기후로, 농어업 종사자들만의 노력으로는 문제를 해결할 수 없습니다. 이제는 지속 가능한 미래를 위해 우리 모두 함께 해결책을 찾아 나서야 할 때입니다.

노유정

한국경제 기자.

활동 1

○ 우리의 선택에는 다양한 요소들이 영향을 미칩니다. 가령 소비를 할 때는 제품의 품질이나 가격, 나의 관심사는 물론 광고나 주변 친구들의 영향을 받을 수도 있지요. 내가 어떤 이유로 선택을 하게 되었는지를 이해한다면 보다 현명한 선택을 할 수 있습니다.

❶ 최근 구매한 물건이 있나요? 구매하게 된 이유와 그 제품을 알게 된 경로, 구매한 이후의 기분이 어땠는지 떠올려 봅시다.

구매한 물건	
구매한 이유	
제품을 알게 된 경로	
구매한 후의 기분	

❷ 아래 보기를 참고해서, ❶의 소비를 하는 데에 가장 큰 영향을 준 요소 세 가지를 순서대로 써 봅시다.

보기 ▶ 갖고 싶은 마음 물건의 품질 가격 광고 주변 친구들

1.

2.

3.

❸ 다음의 예시를 참고하여, 중요한 선택을 해야 할 때 사용할 수 있도록 나만의 '선택 가이드라인'을 만들어 봅시다.

예시 ▶ ☐ 이 선택이 나의 가치관과 부합하나요?
☐ 충분히 고민할 시간을 가졌나요?
☐ 믿을 만한 사람의 조언을 들었나요?

활동 2

○ 4부에서는 다양한 주제에 관해 탐구하는 글들을 만나 보았습니다. 주변에서 가까이 볼 수 있는 사물이나 현상, 내가 평소에 좋아하는 음식이나 취미 활동 등 무엇이든 관심을 기울인다면 좋은 글감이 될 수 있습니다.

❶ 내가 가장 관심 있는 키워드 세 가지를 써 봅시다.

❷ ❶에서 생각한 키워드 중 하나를 골라서 아래 동그라미에 적고, 생각나는 대로 줄기를 뻗어 나가며 마인드맵을 그려 봅시다.

❸ ❷에서 만든 마인드맵을 바탕으로 주제를 하나 선정해, 이에 관해 설명하는 글을 자유롭게 써 봅시다.

주제:

글:

지필고사
예상 문제

[1-3] 다음 글을 읽고 물음에 답하시오.

고향에는 100세를 얼마 남기지 않은 할머니와 칠순 가까운 부모님이 살고 있다. 세 분이 살고 있는 집은 1982년에 내가 태어난 집이다. 세 분은 근처에서 살다가 댐 건설로 인해서 이사를 한 뒤로 40년 가까이 지금의 집에서 살고 있다.

마당을 둘러싸고 집이 한 채, 소를 키우는 외양간, 그리고 농기구를 보관하고 곡식을 넣어두는 창고 하나가 ㄷ자 모양을 이루고 있다. 집 뒤쪽으로는 텃밭이 있는데 그 사이에 뒤란이 있다. 그곳에는 장독대와 수돗가가 있다. 그리고 어머니가 한때는 애써서 가꾸었던 좁다란 화단도 있다.

지난 40년 동안 흙 마당에는 시멘트가 깔리고, 슬레이트 지붕은 철제 지붕으로 바뀌고, 불을 때던 아궁이 대신 입식 부엌이 만들어지고, 구들장 대신 보일러가 놓이고, 마루는 거실로 바뀌었다. 하지만 집의 대들보부터 외벽은 그대로 두었기 때문에 겉으로는 크게 달라진 것이 없어 보인다.

눈에 띄게 달라진 게 있다면, 뒤란에 있던 우물이 사라졌다는 것이다. 내가 어린 시절에는 두레박으로 우물에서 물을 길어 올렸다. 주황색 고무로 된 두레박을 우물 속으로 내려서 이리저리 흔든 다음 줄을 끌어당기면 찰랑찰랑거리는 물이 두레박 가득 담겨 우물 밖으로 나왔다. 수도가 있었지만, 두레박으로 물을 길어 올려서 허드렛물은 물론이고 먹는 물로도 썼다.

어린 시절에 어째서 우물은 아무리 물을 퍼내도 마르지 않는지 궁금했다. 자꾸 어디선가 물이 흘러온다면 왜 우물 밖으로 흘러넘치지 않는지 궁금했다. 우물 속을 가만히 들여다본 적도 있다. 참 신기했다. 우물은 가뭄이 들었을 때 수위가 낮아진 적은 있지만 한 번도 그 바닥을 내보이지 않았다. 늘 두레박을 내리면 언제든 물을 한 가득 채워서 올려주었다.

우물은 이제 없다. 우물이 있던 자리는 시멘트가 깔린 수돗가로 바뀌었다. 수도가 잘 연결된 덕분이고, 두레박으로 물을 길어 올리는 것이 더 이상 효율적이지 않은 일이 되어버린 때문이고, 안타깝게도 지하수가 오염되었기 때문이기도 하다.

이제는 없는 그 어린 시절의 우물이 가끔 떠오른다. 마음이 평화로운 때보다는 어지러울 때가 많다. 내 마음속에 필요한 무엇을 찾을 때 우물을 떠올린다. 누군가를 용서해야 하는데 용서하고 싶은 마음이 전혀 생겨나지 않을 때, 누군가를 이해해야 하는데 도저히 마음을 먹지 못할 때, 인내심을 발휘해야 하는데 도무지 참을 수 없을 때, 나는 기억 속에만 존재하는 고향 집 뒤란의 우물을 떠올린다.

우물 속에는 언제나 물이 가득했다. 팔에 힘을 주고 줄을 당기면 물이 담긴 두레박을 건네주었다. 아무리 부지런히 퍼낸다고 해도 사람의 힘으로는 우물의 물을 바닥낼 수 없다. 우물의 기억을 떠올리며 내 마음속에도 마르지 않는 우물이 있다고 생각한다. 그 우물에 내 갈증을 해소해줄 시원한 마음이 가득하다고 생각한다. 팔에 힘을 주고 줄을 끌어당기면 시원한 마음을 길어 올릴 수 있다고 믿는다.

다른 사람에게 서운한 마음이 생길 때도 마찬가지이다. 저 사람은 왜 이해심이 없을까, 왜 인내심이 부족할까, 왜 배려심이 없을까, 하고 화가 날 때도 역시 우물을 떠올린다. 저 사람의 마음속에도 깊은 우물이 없을 리가 만무하다고 생각한다. 다만 그 우물의 물을 길어 올리지 못할 뿐이라고 생각하면 서운한 마음이 조금은 누그러진다. 언젠가 자기 마음속에 두레박을 내려서 시원한 마음을 길어 올리리라는 기대가 생기는 덕분이다.

자신에게 또는 다른 사람에게 어떤 마음이 부족하다고 느껴질 때가 있다. 모두의 마음속에 깊은 우물이 있다고, 지금은 아직 두레박을 그 우물로 드리우지 않았지만 언젠가는 시원한 마음을 길어 올릴 수 있다고 믿으면 조금은 도움이 된다.

1. 윗글에 대한 설명으로 가장 적절한 것은?

① 글쓴이의 고향 집은 지난 40년 동안 전혀 개조되지 않았다.
② 글쓴이는 마음이 어지러울 때 어린 시절의 우물을 떠올린다.
③ 글쓴이는 우물이 사라진 이유로 가뭄과 지하수 오염을 들고 있다.
④ 글쓴이는 어린 시절 우물의 깊이가 얼마나 되는지 늘 궁금해했다.
⑤ 글쓴이의 고향 집에는 현재 글쓴이와 부모님, 조부모님이 함께 살고 있다.

2. 윗글을 읽으며 활용한 읽기 전략과 그 내용으로 적절하지 않은 것은?

	과정	전략	내용
①	읽기 전	제목을 훑어보며 예측하기	이 글의 제목을 보면 마음과 우물을 연결한 내용을 담고 있을 것 같아.
②	읽기 전	읽기 목적 확인하기	글쓴이는 자신의 어린 시절 우물에 대한 기억을 통해 얻은 깨달음을 글로 전달하고 싶었던 것 같아.
③	읽기 중	국어사전에서 모르는 단어 찾아보기	'두레박', '구들장'이라는 단어를 몰라서 사전에서 단어를 찾아보니 글의 내용을 이해하는 데 도움이 되었어.
④	읽기 중	글쓴이의 생각에 공감하거나 비판하기	나도 다른 친구에게 화가 날 때 친구의 마음속에 표현하지 못한 착한 마음이 있을 거라고 생각한 적이 있어서 글쓴이의 경험에 공감이 되었어.
⑤	읽기 후	더 알아보고 싶은 내용 찾아보기	글쓴이가 쓴 다른 수필들을 더 읽어 보고 싶어서 찾아봐야겠어.

3. 글쓴이가 '마음속 우물'을 통해 드러내고 있는 중심 내용으로 가장 적절한 것은?

① 가족에 대한 사랑과 애향심
② 어린 시절에 대한 그리움과 향수
③ 기후 위기로 인한 자연 환경의 변화
④ 모든 사람의 마음속에 좋은 마음이 있다는 믿음
⑤ 옛것을 소중히 하지 않는 현실에 대한 안타까움

[4-5] 다음 글을 읽고 물음에 답하시오.

(가)

이렇게 특정 부류의 사람만이 뉴스를 생산하지 않게 되면서 검증되지 않은 정보들이 유통되고 있다. 더 나아가 사실과 다른 정보가 온라인에서 만들어지면 언론이 이를 그대로 보도하고, 이것이 다시 온라인에서 부풀려져 재생산되기도 한다. 이와 같은 가짜 정보 때문에 피해를 보지 않으려면 무엇보다 이용자가 기사를 비판적으로 분석하고 파악할 수 있는 능력을 길러야 한다.

먼저 뉴스에서 제공하는 정보에서 사실과 의견을 구분할 줄 알아야 한다. 뉴스에서 제공하는 사실과 의견은 분명히 다른 특성이 있다. 사실이 객관적이라고 한다면 의견을 주관적이다. 따라서 기사의 의견을 사실처럼 인식하면 안 된다. 의견에는 개인의 선호나 가치관, 편견이 작용할 수 있기 때문이다. 또 기사에서 강조된 부분, 빠진 부분이 무엇인지를 확인하는 자세를 지녀야 한다. 왜 특정한 내용을 강조하거나 뺐는지 그 의도를 자세하게 확인해야 한다. 기사의 출처를 꼼꼼히 살펴봐야 하며, 다른 매체와 비교하여 사실인지를 확인해야 한다. 그리고 기자의 과거 기사 목록과 평판을 살펴서 현재 기사와의 관계를 확인해야 한다. 마지막으로 언론사의 평한, 관점, 이해관계를 고려해야 한다. 언론사의 태도에 따라 특정한 사회 현상에 대해 서로 다른 이야기를 할 수 있기 때문이다.

(나)

2021년 한국소비자원의 발표에 따르면 못난이 농산물을 구매한 경험이 있는 소비자의 95.5%가 재구매 의사가 있다고 응답했다. 소비자의 전반적인 만족도는 평균 3.71점(5점 만점)으로 못난이 농산물에 관해 대체적으로 만족도가 높았다. 특히 항목별로는 맛·식감(3.95점), 가격(3.64점)에 관한 만족도가 높았다.

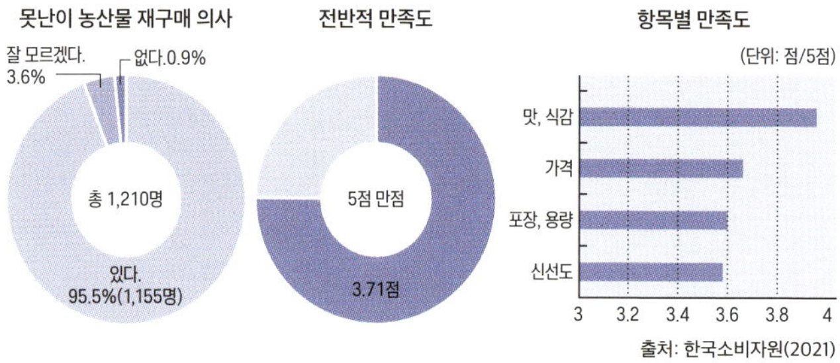

못난이 농산물 구매 실태 및 인식 조사

기상 이변으로 인한 작황 부진으로 농가의 시름이 깊어지고 농산물 가격의 상승으로 소비자의 부담이 늘어나고 있다. 이러한 상황에서 못난이 농산물을 소비하면 농업인은 추가 소득원을 확보할 수 있고, 소비자는 경제적 부담을 덜 수 있다. 또한 폐기되어 음식물 쓰레기로 배출되는 농산물을 줄일 수 있어 기후 위기를 막는 데 도움이 될 수 있다. 따라서 이제 못난이 농산물 소비는 못난 선택이 아니게 되었다.

4. (가)를 참고할 때 (나)와 같은 갈래의 글을 수용하는 태도로 적절하지 않은 것은?

① 내용의 타당성과 신뢰성을 판단하며 읽는다.
② 의견을 사실처럼 인식하지 않도록 주의한다.
③ 사실과 다른 정보가 포함되어 있지 않은지 확인한다.
④ 강조되거나 생략된 부분을 파악하며 의도를 파악한다.
⑤ 글쓴이의 전문성을 신뢰하며 정보를 있는 그대로 받아들인다.

5. (나)를 보고 나눈 대화로 적절하지 않은 것은?

① 수진: 못난이 농산물이 등장한 배경을 밝히고 있어.
② 민정: 그래프를 활용하여 내용을 더 이해하기 쉽게 전달하고 있어.
③ 지우: 못난이 농산물의 장점과 단점을 비교하여 독자를 설득하고 있어.
④ 도현: 공공 기관에서 발표한 조사 결과를 활용하여 내용의 신뢰성을 높이고 있어.
⑤ 은영: 경제와 환경 측면에서 못난이 농산물을 소비하는 것의 이점을 설명하고 있어.

6. 다음 설명 방법을 참고하여, (1)~(4)의 글에 사용된 설명 방법을 괄호 안에 쓰시오.

정의: 어떤 말이나 사물의 뜻을 명백히 밝혀 설명하는 방법
분류: 작은 항목을 일정한 기준에 따라 더 큰 항목으로 묶어 설명하는 방법
구분: 큰 항목을 일정한 기준에 따라 더 작은 항목으로 나누어 설명하는 방법
인과: 원인과 결과를 중심으로 설명하는 방법
예시: 대상이나 내용과 관련된 구체적인 예를 들어 설명하는 방법
비교: 어떤 대상을 다른 것과 견주어 두 대상 사이의 유사성을 중심으로 설명하는 방법

대조: 어떤 대상을 다른 것과 견주어 두 대상 사이의 차이점을 부각하여 설명하는 방법

분석: 얽혀 있거나 복잡한 구조를 개별적인 요소나 성질로 나누어 설명하는 방법

(1) 소비 행위로 자신의 정치적·사회적 신념이나 가치관을 적극적으로 드러내는 것을 '소신 소비(미닝 아웃, meaning out)'라고 한다. (　　　)

(2) 일반적으로 합성 섬유를 한 번 세탁할 때 70만 개 이상의 미세 플라스틱 조각이 배출되고, 그 결과 해양을 오염시킨다. (　　　)

(3) 고래는 크게 이빨고래와 수염고래로 나뉜다. (　　　)

(4) 이빨고래가 튼튼한 이빨을 가진 것과 달리 수염고래는 입에 이빨 대신 수염이 나란히 나 있다. (　　　)

[7-10] 다음 글을 읽고 물음에 답하시오.

햇빛이 강렬한 날 자외선 차단제를 바르는 일은 이제 필수이다. 햇빛에 포함된 자외선 때문이다. 자외선은 우리 몸의 뼈 건강에 중요한 비타민D를 합성하는 데 중요한 구실을 하기도 하지만, 피부에 악영향을 미치기도 한다고 알려져 있다. 자외선이 우리 몸에 해로운 까닭과 자외선을 차단하는 방법은 무엇일까?

㉠ 태양 빛은 적외선, 가시광선, 자외선으로 구성되어 있다. 이 중에서 가시광선이란 '사람이 볼 수 있는 빛'이라는 뜻이다. 햇빛을 프리즘에 통과시키면 빛이 분산되어 무지개 색상으로 배열되는 모습을 볼 수 있는데, 이 영역이 가시광선에 해당한다. 가시광선 바깥쪽에는 우리 눈에 보이지 않는 적외선과 자외선이 있다. ㉡ 적외

선은 가시광선의 붉은색(적색) 바깥, 자외선은 가시광선의 보라색(자색) 바깥에 있는 빛이라는 뜻이다.

빛은 에너지를 가지고 있다. 자외선은 특히 에너지가 많으므로 생물의 세포를 파괴할 수도 있다. ㉢ 이와 같은 특징을 이용해서 개발된 제품이 있는데, 식당에서 흔히 볼 수 있는 자외선 살균 소독기가 그 예이다. 이 소독기는 자외선이 물컵이나 그릇에 남아 있는 나쁜 세균의 DNA를 파괴하여 살균하는 원리를 이용한 것이다. 이 원리는 사람에게도 그대로 적용된다. 사람이 자외선을 오랫동안 쪼이면 피부 세포 속의 디엔에이가 손상을 입고, 심하면 피부암에 걸리기도 한다.

㉣ 자외선은 '자외선 A, 자외선 B, 자외선 C'로 나뉜다. 이 중 에너지가 가장 많은 '자외선 C'는 대부분 지구의 오존층에 흡수된다. 그 결과 주로 '자외선 A'와 '자외선 B'만 지구 표면에 도달하게 된다. 우리가 바르는 자외선 차단제는 바로 이 '자외선 A'와 '자외선 B'를 차단하는 기능을 한다.

대부분의 자외선 차단제에는 'SPF'와 'PA'라는 글자가 표시되어 있는데, 이는 제품이 차단하는 자외선의 종류와 관련이 있다. 먼저 'SPF'와 숫자는 '자외선 B'의 차단 정도를 표시한다. ㉤ 예를 들어 'SPF 50'인 자외선 차단제를 바르면, 아무것도 바르지 않았을 때와 비교해서 자외선 B가 50분의 1만 피부에 흡수되고 나머지 자외선 B는 차단된다는 것이다. 그리고 'PA'는 '자외선 A'의 차단 정도를 표시한다. 'PA+, PA++' 등으로 표시되는데, '+'가 많을수록 자외선을 효과적으로 차단한다는 뜻이다.

자외선을 막는 방법에 따라 자외선 차단제의 종류도 두 가지로 나뉜다. 자외선을 반사하는 차단제와 자외선을 흡수하여 열로 바꾸는 차단제이다. 자외선을 반사하는 차단제는 민감한 피부에도 적합하지만, 바르면 피부가 하얗게 들떠 보이는 것이 단점이다. 반면 자외선을 열로 바꾸는 차단제는 피부에 투명하게 발리는 것이 장점이지만, 민감한 피부에는 자극을 일으킬 수 있다.

한편 사람의 피부에도 자외선으로부터 스스로 몸을 보호하는 기능이 있다. 사람의 피부 가장 바깥쪽에 있는 표피는 우리 몸을 세균 등 해로운 물질과 자외선으로부터 보호해 준다. 하지만 표피만으로 자외선을 막는 데는 한계가 있다. 그래서 햇빛이 강한 날 외출할 때는 자외선 차단제를 바르고 양산 또는 모자를 쓰거나 긴 옷을 입는 것이 좋다.

이상으로 자외선의 특징과 자외선을 차단하는 방법을 알아보았다. 뜨거운 여름 햇살 속 자외선을 차단하여 건강한 피부를 만들어 보자.

7. 윗글에 대한 설명으로 가장 적절한 것은?

① 자외선은 적외선의 붉은색 바깥쪽에 위치한다.
② 자외선 A, B, C 중에서 에너지가 가장 많은 것은 자외선 B이다.
③ 자외선은 우리 몸에 꼭 필요하면서도 해로운 영향을 끼치기도 한다.
④ 적외선은 자외선보다 에너지가 많아 생물의 세포를 파괴할 수도 있다.
⑤ 살균 소독기는 가시광선이 세균의 DNA를 파괴하여 살균하는 원리를 이용한다.

8. 자외선 차단제의 표시와 종류에 대한 설명으로 적절하지 않은 것은?

① SPF는 자외선 B의 차단 정도를 나타낸다.
② 우리가 바르는 자외선 차단제는 자외선 A와 B를 차단한다.
③ PA의 +는 많을수록 자외선을 효과적으로 차단한다는 의미이다.
④ 자외선을 열로 바꾸는 차단제는 민감한 피부에 자극을 줄 수 있다.
⑤ 자외선을 반사하는 차단제는 피부에 투명하게 발리는 것이 장점이다.

9. 다음의 설명 방법과 그 방법이 적용된 부분이 적절하게 묶인 것은?

> **정의**: 대상의 본질, 개념, 뜻을 밝혀서 설명하는 방법
>
> **예시**: 구체적인 예를 들어 설명하는 방법
>
> **분류와 구분**: 여러 대상을 기준에 따라 묶거나 나누어 설명하는 방법
>
> **분석**: 대상을 몇 개의 부분이나 구성 요소로 나누어 설명하는 방법

① ㉠: 분석　　② ㉡: 정의

③ ㉢: 분류와 구분　　④ ㉣: 예시

⑤ ㉤: 분석

10. 다음의 상황에서 (가)가 했을 답변을 윗글의 내용을 근거로 서술하시오.

(가): 햇빛이 강한데 양산이나 모자를 쓰고 나가렴.

(나): 자외선 차단제 발랐는데? 그럼 피부가 다 보호되지 않을까?

(가): 그렇지 않아. 왜냐하면 ______________________________.

답안 및 해설

1. ②

7문단의 "이제는 없는 그 어린 시절의 우물이 가끔 떠오른다. 마음이 평화로운 때보다는 어지러울 때가 많다."에서 근거를 확인할 수 있다.

2. ②

읽기 목적을 확인하는 전략에 대한 내용으로 글쓴이의 글을 쓴 목적을 파악하고 있으므로 적절하지 않다.

3. ④

9문단의 "다른 사람에게 서운한 마음이 생길 때도 마찬가지이다. 저 사람은 왜 이해심이 없을까, 왜 인내심이 부족할까, 왜 배려심이 없을까, 하고 화가 날 때도 역시 우물을 떠올린다. 저 사람의 마음속에도 깊은 우물이 없을 리가 만무하다고 생각한다. 다만 그 우물의 물을 길어 올리지 못할 뿐이라고 생각하면 서운한 마음이 조금은 누그러진다. 언젠가 자기 마음속에 두레박을 내려서 시원한 마음을 길어 올리리라는 기대가 생기는 덕분이다."를 통해 우물이 이해심, 인내심, 배려심과 같은 마음을 길어 올릴 수 있는 원천임을 알 수 있고, 글쓴이는 그러한 마음을 누구나 마음속에 지니고 있다는 믿음을 드러내고 있다.

4. ⑤

기사문을 수용할 때는 글쓴이의 전문성을 신뢰하며 정보를 있는 그대로 받아들이기보다 비판적으로 분석하고 파악할 수 있는 능력을 길러야 한다.

5. ③

(나)는 못난이 농산물의 이점을 설명하고 있을 뿐 장점과 단점을 비교하고 있지 않다.

① 못난이 농산물이 등장한 배경으로 기상 이변으로 인한 농산물의 가격 상승, 소비자의 부담을 제시하고 있다.

② 못난이 농산물 구매 실태 및 인식 조사의 결과를 그래프와 같은 시각 자료를 제시하여 내용을 쉽게 전달하고 있다.

④ 공공 기관인 한국소비자원의 발표를 활용하여 내용의 신뢰성을 높이고 있다.

⑤ 못난이 농산물을 소비하면 환경 측면에서 기후 위기를 막고, 경제 측면에서 소비자의 경

제적 부담을 줄일 수 있다고 말하고 있다.

6. (1) 정의, (2) 인과, (3) 구분, (4) 대조

7. ③

1문단의 "자외선은 우리 몸의 뼈 건강에 중요한 비타민D를 합성하는 데 중요한 구실을 하기도 하지만, 피부에 악영향을 미치기도 한다고 알려져 있다."에서 근거를 확인할 수 있다.

8. ⑤

6문단에서 "자외선을 반사하는 차단제는 민감한 피부에도 적합하지만, 바르면 피부가 하얗게 들떠 보이는 것이 단점"이라고 했으므로 적절하지 않다. 피부에 투명하게 발리는 것이 장점인 것은 "자외선을 열로 바꾸는 차단제"이다.

9. ②

"적외선은 가시광선의 붉은색(적색) 바깥, 자외선은 가시광선의 보라색(자색) 바깥에 있는 빛이라는 뜻이다."에서 적외선과 자외선이라는 단어의 뜻을 밝히며 설명하고 있으므로 '정의'가 사용되고 있다.

10. 예시 답안 **사람의 피부에도 자외선으로부터 스스로 몸을 보호하는 기능이 있지만 그것만으로는 자외선을 막는 데는 한계가 있기 때문이야.**

7문단을 보면 사람의 피부에도 자외선으로부터 스스로 몸을 보호하는 기능이 있지만 "표피만으로 자외선을 막는 데는 한계"가 있으므로 "햇빛이 강한 날 외출할 때는 자외선 차단제를 바르고 양산 또는 모자를 쓰거나 긴 옷을 입는 것이 좋다."고 서술하고 있다.

작품 출처

김경훈 「세상을 바꾼 사진들」, 『사진이 말하고 싶은 것들』, 시공아트 2021.

김고연주 「여자와 남자는 얼마나 다를까?」, 『나의 첫 젠더 수업』, 창비 2017.

김봉섭 「뉴스와 가짜 뉴스」, 『청소년을 위한 매체 이야기』, 한울엠플러스 2020.

김상우 「퇴고는 필수」, 『글쓰기 꼬마 참고서』, 페이퍼로드, 2023.

김수아 「더 이상 가상 공간이 아닌 곳」, 『안전하게 로그아웃』, 창비 2021.

김영숙 「추상화는 낙서가 아니야」, 『미술관에 가고 싶어지는 미술책』, 곰곰 2023.

김윤나 「듣기 실력이 필요한 당신에게」, 『말그릇』, 카시오페아 2019.

노유정 「대한민국에서 사과가 사라진다?」, 『한국경제』 2024. 3. 24.

모상현 「방관자 효과에 어떻게 대처해야 할까」, 네이버 지식백과 심리학 용어 사전 2014.

박진영·안윤지 「아무도 특별하지 않습니다」, 『열등감을 묻는 십대에게』, 서해문집 2022.

손영운 「야구 선수들은 왜 눈 밑에 검정 테이프를 붙이는 것일까」, 『스포츠 속에 과학이 쏙쏙!!』, 이치 2021.

송현수 「개와 고양이의 물 마시는 법」, 『개와 고양이의 물 마시는 법』, MID 2021.

안치용 외 「세상을 위해서는 이게 더 좋아, 못생긴 농산물의 반란」, 오마이뉴스 2023. 4.15.

유병록 「마음 우물」, 『안간힘』, 미디어창비 2019.

윤덕노 「국수가 잔치 음식이 된 까닭」, 『음식으로 읽는 한국 생활사』, 깊은 나무 2014.

이건호 「기자들은 어떤 서술어를 선택할까」, 『언론 글쓰기, 이렇게 한다』, 한울엠플러스 2017.

이금희 「우리 편하게 말해요」, 『우리, 편하게 말해요』, 웅진지식하우스 2022.

이만수 「정약용의 초서법」, 『책만 읽는 바보』, 한국학술정보 2020.

이청준 「아름다운 흉터」, 『아름다운 흉터』, 열림원 2024.

장영희 「미안합니다」, 『내 생애 단 한 번』, 샘터사 2008.

전국도덕교사모임(손혜정 외) 「세상을 바꾸는 소비」, 『우리가 폭력이라 부르는 것들』, 해냄에듀 2024.

정약용 「아버지의 편지」, 『아버지의 편지』, 현암사 2024.

정재민 「건축 설계로 범죄를 예방하는 셉테드」, 『범죄 사회』, 창비 2024.

조영은 「도서관에서 공부하면 집중이 잘되는 까닭」, 『처음 시작하는 심리학』, 초록북스 2024.

최원석 「자외선이 궁금하다」, 『농담하냐고요? 과학입니다』, 북트리거 2022.

태지원 「우리는 왜 첫사랑 이야기를 좋아할까」, 『경제+문학 융합 콘서트』, 꿈결, 2020.

황효진 「재능에 관하여」, 『어른이 되면 고민이 끝날까?』, 창비 2023.

수록 교과서 보기

지은이	작품명	수록 교과서
김경훈	세상을 바꾼 사진들	해냄에듀(강양희) 2-1
김고연주	여자와 남자는 얼마나 다를까	교과서 밖의 글
김봉섭	뉴스와 가짜 뉴스	동아(남궁민) 2-2
김상우	퇴고는 필수	비상(박영민) 2-2
김수아	더 이상 가상 공간이 아닌 곳	교과서 밖의 글
김영숙	추상화는 낙서가 아니야	미래엔(민병곤) 2-2
김윤나	듣기 실력이 필요한 당신에게	동아(남궁민) 2-1
노유정	대한민국에서 사과가 사라진다?	해냄에듀(강양희) 2-2
모상현	방관자 효과에 어떻게 대처해야 할까	지학사(서혁) 2-2
박진영, 안윤지	아무도 특별하지 않습니다	미래엔(신유식) 2-2
손영운	야구 선수들은 왜 눈 밑에 검정 테이프를 붙이는 것일까	천재(정호웅) 2-1
송현수	개와 고양이의 물 마시는 법	천재(정호웅) 2-2
안치용 외	세상을 위해서는 이게 더 좋아, 못생긴 농산물의 반란	지학사(서혁)2-2
유병록	마음 우물	동아(남궁민) 2-2
윤덕노	국수가 잔치 음식이 된 까닭	창비교육(이도영) 2-2
이건호	기자들은 어떤 서술어를 선택할까	동아(남궁민) 2-1
이금희	우리 편하게 말해요	비상(박현숙) 2-1
김지연	매체 자료는 현실을 어떻게 보여주는가	창비교육(이도영) 2-2
오요한	보행자를 위한 유니버설 디자인	창비교육(이도영) 2-1
이만수	정약용의 초서법	비상(박영민) 2-2
이청준	아름다운 흉터	천재(정호웅) 2-1

장영희	미안합니다	비상(박영민) 2-2
전국도덕교사모임	세상을 바꾸는 소비	천재(노미숙) 2-2
정약용	아버지의 편지	동아(남궁민) 2-1
정재민	건축 설계로 범죄를 예방하는 셉테드	교과서 밖의 글
조영은	도서관에서 공부하면 집중이 잘 되는 까닭	천재(노미숙) 2-1
최원석	자외선이 궁금하다	지학사(서혁) 2-1
태지원	우리는 왜 첫사랑 이야기를 좋아할까	비상(박현숙)2-1
황효진	재능에 관하여	교과서 밖의 글